D0684658

Acerca de Roderer

Novela

Biografía

Guillermo Martínez (Bahía Blanca, 1962). Se radicó en Buenos Aires en 1985, donde se doctoró en Ciencias Matemáticas. Posteriormente residió dos años en Oxford, Gran Bretaña. Publicó *Infierno grande* (1989, cuentos), Premio del Fondo Nacional de las Artes; *Acerca de Roderer* (1992, novela), que tuvo gran reconocimiento de la crítica y fue traducida a varios idiomas; *La mujer del maestro* (1998, novela) y *Borges y la matemática* (2003, ensayo). En 2003 obtuvo el Premio Planeta de Argentina con *Crímenes imperceptibles*, novela calurosamente elogiada por la crítica y que tuvo un resonante éxito internacional. Traducida a 35 idiomas, fue llevada al cine por el director Álex de la Iglesia con el título *Los crímenes de Oxford*. En 2005 publicó *La fórmula de la inmortalidad*, un libro de artículos y polémicas sobre literatura, y en 2007 *La muerte lenta de Luciana B.*, que fue elegida por la crítica en España entre las diez mejores novelas del año. En 2008 publicó el ensayo *Gödel* (para todos), en colaboración con Gustavo Piñeiro, acerca del teorema de incompletitud que ha ejercido fascinación más allá de las ciencias exactas y en 2011 publicó *Yo también tuve una novia bisexual*. Participó del International Writing Program de la Universidad de Iowa y obtuvo becas del Banff Centre for the Arts y de las fundaciones MacDowell y Civitella Ranieri. Colabora regularmente con artículos y reseñas en distintos medios. Su última novela *Una felicidad repulsiva* (2013) obtuvo el primer Premio de Cuento Gabriel García Márquez.

Guillermo Martínez
Acerca de Roderer

booket

Martínez, Guillermo
    Acerca de Roderer.- 5ª ed. – Buenos Aires : Booket, 2015.
    120 p. ; 19x13 cm.

    ISBN 978-987-580-251-3

    1. Narrativa Argentina 2. Novela I. Título
    CDD A863

Diseño de cubierta: Peter Tjebbes

5ª edición del sello Booket en este formato: marzo de 2015
2.000 ejemplares

ISBN 978-987-580-251-3

Impreso en Primera Clase Impresores,
California 1231, Ciudad Autónoma de Buenos Aires,
en marzo de 2015

Hecho el depósito que prevé la ley 11.723
Impreso en la Argentina

A Eugenia

Uno

Vi a Gustavo Roderer por primera vez en el bar del Club Olimpo, donde se reunían a la noche los ajedrecistas de Puente Viejo. El lugar era lo bastante dudoso como para que mi madre protestara en voz baja cada vez que iba allí, pero no lo suficiente como para que mi padre se decidiera a prohibírmelo. Las mesas de ajedrez estaban en el fondo; eran apenas cinco o seis, con el cuadriculado tallado en la madera; en el resto del salón se jugaba al siete y medio o a la generala en rondas apretadas y tensas desde donde llegaba, más amenazante a medida que avanzaba la noche, la seca detonación de los cubiletes y las voces que se alzaban para pedir ginebra.

Por mi parte, como estaba convencido de que los grandes ajedrecistas debían mantenerse orgullosamente apartados de todo lo terreno, miraba en aquel mundo ruidoso con un tranquilo disgusto, aunque no dejaba de molestarme —y de arruinar mi satisfecha superioridad moral— que este rechazo mío coincidiera con los argumentos virtuosos de mi madre. Más perturbador me resultaba descubrir que los dos mundos no estaban del todo separados; me habían señalado entre esas mesas de juego a muchos de los que habían sido alguna vez los ajedrecistas más notables del pueblo, como si una fascinación irresistible, una oscura inversión de la inteligencia, arrastrara hacia allí tarde o temprano a los mejores. Yo había visto luego a Salinas, que era a los diecisiete años el primer tablero de la provincia, quedarse poco a poco del otro lado, y me juré entonces que a mí no me ocurriría lo mismo.

La noche que conocí a Roderer tenía como plan reproducir una miniatura del Informador y jugar tal vez un par de partidas con el mayor de los Nielsen. Roderer estaba de pie junto a la barra, hablando con Jeremías, o, mejor dicho, el viejo le hablaba mientras alzaba unos vasos a la luz y Roderer, que ya había dejado de escucharlo, miraba el rápido giro del repasador, el vidrio que resplandecía brevemente en lo alto, con esa expresión ausente con que podía apartarse de todo en medio de una conversación. Apenas me vio Jeremías me hizo una seña para que me acercara.

—Este muchacho —me dijo— parece que se queda a vivir acá. Anda buscando con quién jugar.

Roderer había salido a medias de su ensimismamiento; me miró un poco, sin demasiada curiosidad. Yo, que en esa época tendía mi mano sin dudar, porque este saludo de hombres, digno y distante, me parecía una de las mejores adquisiciones de la adolescencia, me contuve y sólo dije mi nombre: había algo en él que parecía desanimar el menor contacto físico.

Nos sentamos en la última mesa. En el sorteo de color me tocaron las blancas. Roderer acomodaba sus piezas con mucha lentitud; supuse que apenas sabría jugar y como había visto por uno de los espejos que Nielsen acababa de entrar abrí con peón rey, con la esperanza de liquidar aquel asunto en un gambito. Roderer pensó durante un momento largo, exasperante, y movió luego su caballo rey a tres alfil. Sentí una desagradable impresión: desde hacía algún tiempo yo estaba estudiando justamente esta línea, la defensa Alekhine, para jugarla con negras en el Torneo Abierto Anual. La había descubierto casi por casualidad en la Enciclopedia; de inmediato todo en esa apertura me había causado admiración: aquel salto inicial del caballo, que parecía a primera vista una jugada extravagante, o pueril; el modo heroico, casi despectivo, con que las negras sacrifican desde el principio lo más preciado en una apertura —la posesión del centro— a cambio de una lejana y nebulosa ventaja posicional y sobre todo, y esto es lo que me había decidido a estudiarla a fondo, el hecho de que fuera la única apertura que las blancas no pueden rehusar ni desviar a otros esquemas. Por supuesto, nadie la conocía en Puente Viejo, donde se jugaba la Ruy López, o la Defensa Ortodoxa, o, a lo sumo, alguna Siciliana; yo la reservaba celosamente a la espera del torneo. Y

11

de pronto, delante de todos, ese recién llegado la jugaba contra mí. Claro que todavía era posible —y preferí creer esto— que el salto de caballo sólo fuese una jugada torpe, de novicio. Avancé mi peón rey y Roderer volvió a pensar demasiado antes de desplazar su caballo a cuatro dama. Esto se repitió en las jugadas siguientes: yo desarrollaba puntualmente la variante de la Enciclopedia y Roderer se demoraba cada vez en responder pero elegía al fin la contestación correcta, de modo que me era imposible decidir si conocía la apertura o sólo tenía una especie de intuición afortunada que se desmoronaría en el primer ataque serio.

Poco a poco íbamos soltando las últimas amarras; nos internábamos en esa tierra de nadie, más allá de los primeros movimientos, en donde empieza de verdad el juego; apenas sentía ahora los ruidos, como si en algún momento se hubiesen amortiguado; las mesas de naipes, llenas de humo, me parecían fantásticamente lejanas y aun los que se habían acercado a mirar la partida, esas caras tan conocidas, todo se me hacía vago y distante, como cuando se nada desde la playa mar adentro. Volví entonces a mirar a Roderer. Sé que hubo luego mujeres en el pueblo que penaron por él; sé que mi hermana lo amó con desesperación. Tenía el pelo castaño, con una mata que le caía cada tanto sobre la frente; aunque me daba cuenta de que no debía ser mayor que yo, sus rasgos parecían acabados, como si hubiesen adquirido a la salida de la infancia su forma definitiva, una forma que no se correspondía de todos modos con ninguna edad determinada. Los ojos eran oscuros; había en ellos una fulguración que a simple vista pasaba inadvertida, una luz remota que —me di cuenta luego— siempre estaba ahí, como si la mantuviese encendida en una paciente vigilia; cuando desde afuera algo o alguien los solicitaban, se animaban bruscamente y miraban con una penetración honda, casi amenazante, aunque esto duraba sólo un momento, porque Roderer los desviaba de inmediato, como si tuviera conciencia de que su mirada incomodaba. Sus manos, sobre todo, llamaban la atención y sin embargo, ni durante la partida, pese a que las vi desplazarse una y otra vez sobre el tablero, ni luego, en las diferentes ocasiones en que conversamos, conseguí determinar qué había de particular en ellas. Mucho después, en uno de los pocos libros que quedaron de su biblioteca, leí el párrafo de Lou Andreas-Salomé sobre las manos de Nietzsche y me di cuenta de que las manos de Roderer, simplemente, debían ser bellas.

De la partida no recuerdo ya todos los pormenores; recuerdo sí mi desconcierto y mi sensación de impotencia al advertir que Roderer neutralizaba uno tras otro todos mis ataques, aun los que yo creía más agudos. Jugaba de un modo extraño; apenas registraba mis movimientos, como si pudiera desentenderse de cuáles fueran mis maniobras; sus jugadas parecían inconexas, erráticas: ocupaba alguna casilla lejana o movía una pieza intrascendente, y yo podía avanzar hasta cierto punto en mis planes, pero pronto me daba cuenta de que la posición de Roderer, mientras tanto, por alguna de aquellas jugadas, era ahora ligeramente distinta, un cambio casi imperceptible, pero suficiente para que mis cálculos perdieran sentido. ¿No fue después también así, en el fondo, toda mi relación con él? Un duelo en el que yo era el único contendiente y sólo conseguía dar golpes en falso. Esto era tal vez lo más curioso: Roderer no parecía dispuesto a ningún contraataque, ninguna amenaza visible pesaba sobre mis piezas y sin embargo yo no dejaba de sentir ante cada una de esas jugadas incongruentes una sensación de peligro, el presentimiento de que iban configurando algo cuyo sentido se me escapaba, algo sutil e inexorable. El juego, al cabo del tiempo, se había trabado más y más: todas las piezas estaban todavía sobre el tablero. En algún momento había visto a Salinas de pie junto a la mesa, con su copa en la mano; mientras bebía se le formó a medias una sonrisa sardónica que aún le duraba cuando lo llamaron para su turno en los dados. Vi luego irse a Nielsen; me saludó desde la puerta con un gesto que no entendí. El salón se despoblaba de a poco; Jeremías daba vuelta las sillas sobre las mesas vacías. Ahora era yo el que pensaba largamente cada nuevo movimiento; había enfilado mis piezas contra uno de los peones, un peón

14

lateral. Este último ataque, como todos los anteriores, se me revelaba inútil: el peón que había creído débil y aislado aparecía en cada réplica más protegido, hasta volverse inaccesible. De todos modos yo seguía trayendo y sumando en lentas evoluciones mis piezas más lejanas, no porque guardara alguna esperanza sino porque estaba demasiado exhausto como para intentar nada nuevo. Inesperadamente, cuando había logrado reunirlas a todas, Roderer avanzó una casilla el peón y su dama quedó enfrentada a la mía. Sentí un frío sobresalto; aquello era, aquello que tanto había temido estaba por suceder. Eché una mirada a la nueva posición: el cambio de damas que proponía Roderer arrastraría, por el encadenamiento que yo mismo había provocado, la liquidación de todas las demás piezas. No conseguía sin embargo figurarme cómo quedaría luego el tablero. Podía imaginar cinco, seis jugadas más adelante, pero no lograba ir más allá. No había tampoco ningún sitio adonde pudiera retirar mi dama: el cambio era forzado. Esto al menos me liberaba de seguir pensando. Las piezas fueron cayendo disciplinadamente, una por bando; hacían un ruido seco al entrechocar y quedaban luego fuera del tablero. ¿Cuántas jugadas, me preguntaba con incredulidad, había podido anticipar él? Vi al fin, en el tablero desierto, de qué se trataba: el peón que me había empeñado en atacar estaba libre y ahora avanzaba otra casilla. Miré en busca de mis propios peones, con-

15

té con desesperación los tiempos. Era inútil: Roderer coronaba, yo no.

Abandoné. Mientras me levantaba miré la cara de mi rival: esperaba encontrar, creo, uno de esos gestos que yo no podía reprimir cuando ganaba, un brillo de satisfacción, una sonrisa mal disimulada. Roderer estaba serio, desentendido de la partida; se había abotonado el abrigo, una especie de gabán azul oscuro, y dirigía a la puerta una mirada inquieta. Tenía una expresión indecisa y a la vez irritada, como si estuviera debatiendo consigo mismo un problema mínimo, una cuestión estúpida que sin embargo no lograba resolver. Habíamos quedado en el salón únicamente nosotros dos; lo que no conseguía decidir, me di cuenta, era si debía esperarme para que saliéramos juntos o podía despedirse inmediatamente y marcharse solo. Conocía bien ese tipo de tormento, pero había creído hasta entonces que solamente yo lo sufría; la imposibilidad de elegir entre dos opciones triviales y absolutamente indiferentes, la horrible vacilación de la inteligencia que oscila de una a la otra y nada puede discernir, que argumenta en el vacío sin encontrar una razón decisiva mientras el sentido común se burla y la azuza: *da lo mismo, da lo mismo*. Qué desconcertante me parecía encontrar en otro, y de un modo mucho más intenso, los signos de ese mal que tal vez fuera ridículo pero que yo había considerado hasta entonces mi posesión más exclusiva.

16

—Ya voy —dije para rescatarlo. Asintió con gratitud. Le devolví a Jeremías la caja con las piezas y lo alcancé en la escalera. Cuando salimos le pregunté dónde vivía; era una de las casas detrás de los médanos; podíamos caminar una cuadra juntos.

Ya se acababan las vacaciones y el aire tenía ese frío premonitorio, desconsolador, de los primeros días de otoño. Los veraneantes se habían ido; el pueblo estaba otra vez vacío y silencioso. Roderer escuchaba el rumor lejano del mar; no parecía dispuesto a volver a hablar. Ladraron de pronto unos perros al costado del camino. Me pareció que a mi lado Roderer se ponía tenso y trataba de ubicarlos en la oscuridad.

—Hay muchos perros sueltos aquí —dije—: la gente los abandona después de la temporada.

Roderer no hizo ningún comentario. Le pregunté a cuál colegio pensaba ir.

—No sé. —Lo dijo con un tono grave y cortante, como si fuese una cuestión que le hubiera traído ya demasiados problemas y quisiera apartarla de sí.

—Igual, no hay mucho para elegir; está el Mariano Moreno, donde voy yo, o si no el Don Bosco.

Roderer negó con la cabeza.

—No sé si voy a ir al colegio —dijo.

Dos

Según lo que recuerdo Roderer fue al Mariano Moreno durante menos de tres meses; ya no estaba cuando entregaron el primer boletín y no figura tampoco
en la foto anual de la división, que se tomaba en julio.
Desde que apareció en el aula, en el disgusto con que
parecía llevar el blazer, en el nudo descuidado de la
corbata, en la expresión hosca y reconcentrada con
que se sentó sin mirar a nadie, sin querer ver nada, en
todo se notaba que cualquiera fuese la batalla que li-
braba en su casa, había sido derrotado, o bien —y después de conocer a su madre esto me pareció lo más
posible— había vencido quizás en los argumentos, esa
victoria transitoria que suelen conceder las mujeres,
pero le había sido arrancada luego con ruegos y lágrimas una promesa que ahora, penosamente, trataba de
cumplir.

A mí su llegada no me produjo alarma, sino más
bien cierto alivio: es verdad que se me consideraba el
mejor alumno de la división pero no era tan necio,
ni siquiera entonces, como para creer que eso signi-
ficara gran cosa; y como mis compañeros me hacían

pagar bastante duro mis calificaciones, hubiera estado muy dispuesto a ceder mi posición. Pronto me di cuenta de que Roderer no tenía ningún interés por disputármela. A partir del segundo día dejó de prestar atención a lo que decían los profesores y se dedicó sólo a leer, ajeno a todo; a leer de un modo absorto, poseído, como si las horas de clase del día anterior hubieran significado una interrupción grave que no podía volver a permitirse. Traía los libros en un portafolios grande de cuero, con fuelles a los costados; su banco estaba cerca del mío y yo podía ver cómo los sacaba a medida que avanzaba la mañana, sin preocuparse de que se fueran amontonando sobre el pupitre. Eran libros siempre distintos, libros de las disciplinas más diversas, como si Roderer estuviera lanzado al mismo tiempo sobre todo: filosofía, arte, ciencia, historia. Casi nunca empezaba por el principio; los hojeaba hacia adelante o hacia atrás y cuando daba con un párrafo que le interesaba podía quedarse abismado allí indefinidamente, hasta que parecía recordar alguna otra cosa, y buscaba en el portafolios y sacaba a la luz un nuevo libro. Yo, que acababa de leer La náusea, me preguntaba al principio si Roderer no sería como aquel personaje ridículo, el Autodidacto, que se proponía hacer manos a la obra por orden alfabético con toda la biblioteca de Bouville. Pero esa familiaridad con que se desplazaba de libro en libro y la rara precisión con que buscaba y encontraba, sólo podían significar una cosa: que ya los había leído a todos, quizá más de una vez, y que ahora volvía sobre ellos en busca de algo definido, algo que a mí, en el desorden de títulos, me resultaba imposible descifrar. Vi, subrayados y llenos de anotaciones, los dos volúmenes de la Lógica, de Hegel, que yo una vez habría tratado en vano de empezar; vi una Divina Comedia en italiano, con unos dibujos sombríos y terribles. Vi libros que sólo mucho después supe de qué trataban y otros que eran como dolorosos destellos, demasiado lejanos, libros que, lo presentía, siempre iba a desconocer.

Cada tanto —noté—, Roderer llevaba también alguna novela, aunque —y de esto me di cuenta con cierto malestar— las dejaba para leer en el patio, durante los recreos. ¿Debo decir lo humillante que era para mí, que aparte de ajedrecista me proponía ser escritor y creía haber leído más que cualquier otro a mi edad, ver sobre ese banco libros ante los cuales había retrocedido, libros que amargamente había dejado para más adelante o aun títulos y autores que ni siquiera conocía? Había sin embargo una humillación peor: de acuerdo con un trato al que había llegado con mi hermana, a cambio de cierta averiguación que ella me haría con una de sus amigas, yo debía contarle a la salida del Colegio, cuando nos íbamos a fumar juntos a la playa, todo lo referido al "nuevo". Nunca había, por supuesto, demasiado que

21

decir, pero la curiosidad de Cristina era infatigable y cuando desesperaba de sonsacarme nada más me hacía repetir los títulos de los libros que había llevado Roderer y me preguntaba luego de qué trataba cada uno. Yo improvisaba teorías aproximadas y hacía equilibrios de imaginación para salir del paso, pero a veces no me quedaba otro remedio que confesar que no sabía. Esto parecía darle a ella una alegría incomparable; me miraba con incredulidad, abría los ojos, maravillada, y sin poder contenerse me decía, muerta de risa: ¡Es más inteligente que vos!

Los profesores tardaron en reaccionar más de lo que yo esperaba; tal vez —pienso ahora— la madre de Roderer hubiera hablado con ellos para que le tuvieran paciencia el primer tiempo. Sólo el doctor Rago, cuando paseaba entre las filas, se detenía a veces delante de su banco. Rago nos daba la clase de Anatomía. Tenía fama de ser la persona más culta de Puente Viejo y se lo había considerado en un tiempo un médico casi milagroso, pero le habían prohibido el ejercicio de la medicina luego de un incidente desgraciado en que se lo acusó de haber operado bajo la acción de una droga. Desde entonces se ganaba a duras penas la vida dando clases en el Colegio y su humor se había ensombrecido más y más: daba la impresión de un hombre que estuviera ya, fuera del mundo, que hubiera abjurado de todo y sólo mantuviese vivo un resto amargo de su inteligencia. Más que sus sarcasmos, a mí me atemorizaba la impunidad que tenía sobre las palabras, la tranquilidad impávida con que podía pasar de un término científico a una palabra escatológica o directamente obscena. Cuando entraba en el aula bastaba que pronunciara el título de la clase para que se hiciera un silencio inquieto y temeroso.

Teratomas. Del griego teratos: monstruo. Un nombre bastante injusto, son tumoraciones de células embrionarias, no pueden ser más monstruosas que nosotros mismos. Prefieren por lo general los lugares húmedos y cálidos —alzaba entonces un brazo—: *una axila, por ejemplo. Con el tiempo crecen, como cualquier buen tumor. Y cuando chocan contra un hueso empiezan a roerlo. Entiéndase bien: es un desgaste lentísimo, que dura meses enteros. Son perforaciones infinitesimales, microfracturas absolutamente inaudibles. Y sin embargo es común que el paciente escuche por la noche el ruido característico de la masticación. Crunch, crunch. Algo me está comiendo el hueso, dicen a la mañana y al principio, por supuesto, nadie les cree. Cuando llegan al hospital y se los arrancan, pueden pesar hasta un kilo. Tienen el tamaño de un pomelo; con formación capilar, un ocelo, o los dos, piezas dentarias. ¿Se entiende?* —y paseaba una mirada impasible por los bancos—. *Ojos, pelos, dientes: un feto a medio hacer; bajo el sobaco.*

Cuando nos dictaba recorría las filas con las manos

en la espalda y al llegar al banco de Roderer siempre se interrumpía, como si fuera el momento de su diversión.

—¿A qué se dedica hoy nuestro Louis Lambert? Pero qué bien: *Las flores mágicas*, de mi ilustre antecesor. El intrépido muchacho se interna ahora en las delicias de la horticultura.

Hubo un día, sin embargo, en que tuvo un extraño gesto de emoción; había alzado un libro muy antiguo que Roderer tenía casi siempre sobre el banco, un libro con las letras de la tapa despintadas. Rago lo abrió con la expresión a medias sorprendida y a medias admirada de quien vuelve a ver algo que creía perdido para siempre.

—Bueno, bueno: el *Fausto*, de Goethe, en la edición renana. —Y aunque su voz recobró el timbre irónico sonaba curiosamente velada.— Así que también sabemos alemán… Eso está muy bien: conviene escuchar al Diablo en su idioma natal. —Volvió las páginas y pronunció en voz alta:

Grau, teurer Freund, ist alle Theorie.
Und grün des Lebens goldner Baum.

Dejó lentamente el libro sobre el banco.

—Sólo que no era verde el árbol de la vida, no por lo menos el verde rutilante, el verde festivo de la clorofila, sino en todo caso —dijo con amargura— el ver-

de del moho subiendo por el tronco, el verde fungo-
so de la putrefacción.

Con todo, el doctor Rago no le dirigió nunca directamente la palabra; hablaba para la clase, sin mirarlo, o murmuraba para sí mismo. En realidad, la primera que intentó hablar con él fue la profesora de
Literatura. Marisa Brun —ella insistía, con un énfasis cálido y apremiante en que la llamáramos simplemente Marisa— había estudiado Letras no en el Ins-
tituto de Puente Viejo sino en la Universidad del Sur.
Tenía ojos azules, unos ojos intensos, rápidos, algo
burlones, los ojos más perturbadores que yo haya visto, y unas piernas que mostraba bajo el escritorio con
una despreocupada y feliz generosidad. Fácil, fácilmente, nos había enamorado a todos. En el primero
de sus cambios había reemplazado la lectura obliga-
toria de El sí de las niñas por Verano y humo, de Ten-
nessee Williams y nos hacía leer los diálogos de Alma
y John en parejas que formaba al azar. La chica que
me tocó, recuerdo, se avergonzó tanto que no pudo
seguir el parlamento. Marisa Brun, sin mirar el libro,
dio la vuelta al escritorio y clavó en mí sus ojos irre-
sistibles.

—¿Por qué no me dice nada? ¿Le ha comido la len-
gua el gato?

Repetí, enrojeciendo, las palabras de John.

—¿Qué puedo decir, señorita Alma?

—Usted vuelve a llamarme "señorita Alma".

—En realidad nunca hemos franqueado ese límite.

Sentí entonces, sin atreverme a mirarla, que su mano rozaba mi cara torturada por el acné, y escuché el susurro de su voz.

—Oh, sí. ¡Estábamos tan próximos que casi respirábamos juntos!

Maravillosa mujer; era previsible, después de todo, que fuera ella la primera en hablarle, porque los acostumbrados a seducir, aun los más generosos, tienen este egoísmo de orgullo: el de no querer dejar a nadie fuera de su abrazo.

—Roderer —dijo un día, interrumpiendo una lectura, y volvió a pronunciar, en el silencio del aula, como un suave llamado—. Gustavo Roderer.

Roderer, sobresaltado, alzó la cabeza. Debía ser la primera vez que miraba verdaderamente a la mujer que tenía delante. Ella acentuó la sonrisa un poco más.

—Levántese, no tenga miedo —dijo, y a pesar del tono despreocupado, levemente irónico, noté que no había conseguido tutearlo, como hacía con todos.

Roderer se incorporó; no era demasiado alto y sin embargo, así, de pie, parecía dominarla; una vez más me causó impresión lo extraño que se veía en el aula. Ella se aproximó todavía un paso.

—Señor Roderer: ¿piensa usted ignorarnos cruelmente el resto del año? —Y sonreía de un modo tan imperioso que cualquiera de nosotros se hubiera abalanzado para responder por él: ¡No! ¡No!

Roderer, confundido, miró en torno; también a nosotros parecía vernos por primera vez.

—¿O es que somos demasiado pueblerinos para usted?

—No, no es eso.

—¿Qué es, entonces?

Hubo otro silencio; Roderer se debatía angustiosamente, sin conseguir hablar.

—Es… el tiempo —dijo por fin—. No tengo tiempo —y como si hubiera dado por accidente con la única formulación posible repitió, con voz más firme—. No tengo tiempo.

—Ya veo: no es que nos desprecie; sólo que no tiene tiempo para nosotros.

Alguien rió y luego todos rieron. Roderer miró con un asombro dolorido el efecto que habían causado sus palabras, pero a Marisa Brun, creo, la venció el despecho, porque dijo todavía, para que lo abrumaran las carcajadas:

—Siéntese, por favor: no le hacemos perder más tiempo.

Cuando salimos al recreo, al dar vuelta en uno de los pasillos, prácticamente me choqué con él. Ya nos habíamos cruzado en otras ocasiones, pero esta vez me pareció bien hablarle. Le reproché, en broma, que no hubiera vuelto al Club para darme la revancha al ajedrez.

—Es que el ajedrez… —dudó, como si fuera a encogerse de hombros—. Nunca me interesó demasiado. Era sólo un experimento; un modelo. En pequeña escala, por supuesto.

No alcancé a entender aquello, pero me sonó irritante, igual que cuando había dicho antes: *No sé si voy a ir al colegio*. El debería haber contemplado que el ajedrez podía ser importante *para mí*. No es que hubiera exactamente en sus palabras afectación, o pedantería; incluso había tenido casi una nota de modestia al reconocer que la escala era pequeña. Pero esta es sin duda la maldición de la inteligencia, que aun cuando se propone ser modesta resulta ofensiva. Por otro lado, me daba cuenta, sin Roderer como adversario aquel año podría ganar el Torneo Anual. Esto me hizo recobrar el buen humor. Mientras bajábamos la escalera hacia el patio miré la tapa del libro que Roderer llevaba bajo el brazo: era La figura en el tapiz. Me acordaba borrosamente de haberlo leído. Se lo dije y tuve la impresión de que se alegraba; me preguntó qué me había parecido. Traté inútilmente de hacer memoria: apenas recordaba algo del principio, el diálogo en que el escritor famoso desafía al crítico a descubrir la intención general de toda su obra, la figura formada por el conjunto de sus libros. Los demás personajes y el resto de la trama se me habían olvidado por completo; no conseguía recordar siquiera si me había gustado o no, pero decidí tomarme una pequeña venganza. Dije, en tono condescendiente, que el tema era interesante, pero que el estilo incurablemente evasivo de James había acabado por malograrlo. Roderer no pareció demasiado herido sino solamente algo extrañado.

—Es que hay que leerlo como un texto filosófico —dijo—. Es, en el fondo, como El camino a la sabiduría: absorberlo todo, rechazarlo todo y luego, olvidarlo todo.

Habíamos desembocado en el patio. Escuché desde una de las esquinas un murmullo de risas ahogadas. Mi hermana se había separado de su grupo de amigas y venía hacia nosotros. Sentí ese indefinible orgullo que me daba siempre mirarla: era verdaderamente bonita. Me preguntó algo que, por supuesto, no esperaba que yo respondiera.

—Bueno —me dijo, alzando hacia Roderer sus grandes ojos—: ¿no nos vas a presentar?

Dije los nombres y Cristina extendió a Roderer su cara como para que le diera un beso. Lo hizo de un modo absolutamente natural y encantador y Roderer, contagiado por aquel gesto, dio un paso para besarla, pero algo lo detuvo, como si lo hubiera aniquilado un pensamiento espantoso y se quedó inmóvil y aun re-

29

trocedió un poco. Hubo un momento de terrible incomodidad. Mi hermana sonrió con heroísmo.

—¿Ya no se dan besos en la ciudad?

El nos miró a los dos, consternado.

—Estoy enfermo —dijo.

Tres

Es cierto, como dije antes, que Roderer no prestaba ninguna atención a lo que se decía en clase; hubo dos ocasiones, sin embargo, en que sorprendí en él un asomo de interés. La primera fue durante una de las clases de Matemática que nos daba el licenciado Durel, un recién graduado que estaba preparando su doctoración en la Universidad del Sur. Durel viajaba sólo una vez por semana a Puente Viejo, de modo que debía juntar las horas y su clase se hacía interminable. Era totalmente lampiño y tenía una cara tan aniñada que parecía aun menor que nosotros; para empeorar las cosas, su tono de voz era demasiado bajo para enfrentar un curso y no se decidía tampoco a poner orden con un grito o con unos golpes en el pizarrón. Pronto ocurrió lo inevitable: Aníbal Cufré y los suyos se dedicaron a organizar en los bancos de atrás los entretenimientos más escatológicos y el pobre Durel, que escuchaba con espanto los ruidos que venían del fondo, acabó explicando para los fieles de la primera fila, unas pocas chicas aplicadas y silenciosas. Yo quedaba en esto a mitad de camino: no me decidía a tomar apuntes por temor a las burlas de Cufré y por otro lado, un resto de piedad por Durel (no sospechaba que luego seguiría sus pasos) me impedía agregarme a la batahola general.

Durel enseñaba de un modo bastante particular. Empezaba siempre en un tono mecánico, casi a disgusto, como si desaprobara profundamente que en el programa figurase aquello de lo que estaba hablando, hasta que de pronto algo, una fórmula, el nombre de un teorema, o una demostración que exigiera algún detalle fuera de lo trivial, parecía animarlo y en un rapto de entusiasmo cubría con grandes trazos el pizarrón y se remontaba en sus cadenas de argumentos cada vez más lejos, mucho más allá de lo que nosotros podíamos seguirlo. Esto no lo preocupaba; eran fugas para sí mismo, un refugio en la belleza de las matemáticas, como si quisiera dejar sentada la supremacía de aquel orden hecho de símbolos e inferencias sobre el caos del aula.

Fue en uno de estos raptos cuando habló de los métodos de demostración en matemática. Estaba enseñándonos el Teorema de Ruffini y comenzó en algún momento un razonamiento que seguiría, nos dijo, el método de reducción al absurdo. ¿*Absurdo*?, preguntó una de sus fieles, a quien seguramente el ruido no había dejado escuchar las últimas palabras. Durel recibió aquella pregunta inocente como una ráfaga de felicidad, un pie inesperado para transportarse a sus sitios favoritos.

—Reducción al absurdo, sí —repitió, clavando con la mirada a aquella pobre chica—: uno de los métodos de demostración más antiguo, un método que ya conocían los griegos y que se aplica sistemáticamente, con total despreocupación, desde hace siglos, a tal punto que si se proscribieran de pronto todos los teoremas demostrados por el absurdo, se derrumbaría íntegro el orgulloso edificio de la matemática. Y sin embargo la demostración por el absurdo reposa en la ley más precaria de la lógica: el principio del tercero excluido, la creencia de que entre el ser y el no ser no puede haber una tercera posibilidad. Fíjense —y escribió con rápidas letras una H, luego una flecha y luego una T—. Fíjense qué engañosa sencillez: se supone falsa la tesis y si bajo esta suposición se consigue probar que resulta falsa también la hipótesis, ya está, puede afirmarse la verdad de T. ¿Y por qué?

Por supuesto nadie le contestó. Durel exclamó con incredulidad:

—Porque suponer su falsedad ha conducido a un absurdo —y golpeó la H en el pizarrón—: ¡que la hipótesis sea a la vez verdadera y falsa!

Tampoco ahora logró el efecto de iluminación que buscaba, pero noté que Roderer había dejado de leer y lo estaba escuchando.

—De este modo —prosiguió Durel— pueden engendrarse por una vía puramente lógica entes complejísimos, absolutamente ficticios y que tienen sin embargo una existencia virtual, verdaderos monstruos de abstracción, sostenidos sólo por la confianza de los hombres en su forma de pensar.

Se detuvo, desalentado, como si hubiera recordado de pronto dónde estaba. Vio sin duda las caras ausentes, las lapiceras dejadas de lado. Sólo Roderer lo había escuchado hasta el final. Miró su reloj con un gesto culpable.

—Volviendo al Teorema de Ruffini… —dijo, y le faltó valor para seguir—: no lo voy a tomar en el examen.

Mientras todos se levantaban vi que Roderer anotaba algo en el margen de su libro. Miré al pasar sobre su hombro. *Suponer que El existe* —había escrito— *y no llegar a un absurdo.*

La segunda ocasión fue durante la charla sobre alcaloides que nos dio Rago. Este punto había sido añadido por primera vez al programa y todos aguardábamos la clase con una expectativa maliciosa: la adicción del doctor era un secreto a voces. No pareció sin embargo al principio que fuera a ser muy distinta de las demás: el doctor Rago dibujó de un modo bastante artístico una flor en el pizarrón y escribió debajo: *papaver somniferum.*

—Conocida más familiarmente como Adormidera o Amapola del opio.

Había pronunciado la palabra "opio" en un tono

neutro pero bastó aquel sonido breve y oscuro para que se hiciera en el aula un hondo silencio. El doctor Rago explicó cómo se realizaba la extracción del jugo y cómo se secaban y preparaban los panes para el comercio. Nombró los países y las regiones en donde se cultivaba la amapola y habló de las dos guerras del opio; *1907*, escribió en el pizarrón.

—No siempre —dijo— el opio fue ilegal.

Nos dictó luego una abrumadora lista de los diferentes usos medicinales y mencionó al pasar las drogas derivadas: la morfina, *nuestro as de espadas in extremis*, y la heroína, a la que nombró con cierto desprecio.

—El opio y los procesos mentales.

Aquel título hizo que Roderer alzara la cabeza. Rago explicó en detalle los intercambios químicos que libraban las emanaciones en el hipotálamo y la sutil activación de las endorfinas dentro del sistema límbico. También él había advertido que Roderer lo escuchaba y fue aun más minucioso que de costumbre.

—A diferencia del alcohol, a diferencia de los torpes sucedáneos modernos —dijo—, el opio no sólo no enturbia la conciencia, sino que le proporciona su grado más alto de limpidez. Fue por eso siempre la droga favorita de científicos y artistas; con el opio la razón adquiere una luz nueva, un resplandor inmensamente dilatado que es como el *fiat* originario. Se lo ha llamado con justicia la droga del paraíso, no sólo porque fue la primera que conoció el hombre sino porque pone de manifiesto la parte divina de su naturaleza, esa parte que el hombre parece temer mucho más que a su parte demoníaca. ¿Cómo explicar si no —dijo y su voz se alzó de un modo irreprimible— que legiones de médicos y gobernantes se confabulen para amontonar mentiras en su contra? Y como no pueden ocultar los milagros de liberación que otorga la pequeña nuez, se dedican a fabricar espantosas, imaginarias secuelas. Es verdad, como dice De Quincey, que el opio guarda terrores para vengarse de quienes abusan de su condescendencia. ¿Y qué? El opio no juzga y a quien busca el infierno le concede el infierno. El miedo es un argumento demasiado pobre: ¿qué dirán el día, no muy lejano, en que se logre revestir el hipotálamo y el opio sea tan peligroso como la cafeína? Retornando a nuestro dictado, está comprobado que fueron asiduos beneficiarios de la pipa negra, además de ese indigno escritor inglés que mencionamos, otra pobre gente como Samuel Coleridge, Jean Cocteau, Edgar Allan Poe (que lo prefería, es cierto, en la forma de *láudano negus)*, Teófilo Gautier, Narval, Michaux, Shadwell, Chaucer, André Malraux y según se presume, el mismo Homero. Digamos para terminar, con las justas palabras de O'Brien, que el fumador de opio goza de una maravillosa expansión del pensamiento, de una prodigiosa intensificación de las facultades perceptivas, de una sensación de existir sin límites que no se cambia por ningún trono y que espero que ustedes, buenos muchachos, no prueben nunca jamás.

Roderer sonrió y bajó la cabeza. En aquel "buenos muchachos", en el gesto con que nos había abarcado a todos, Rago se las había compuesto para dejarlo afuera.

Creo que también debo incluir aquí, aunque me pese, una singular profecía que deslizó Rago en otra de sus clases. Hablaba del sistema nervioso y de las investigaciones sobre la inteligencia humana; se había burlado ya un buen rato de los que se afanan en medir de cien modos distintos el cráneo de Einstein y de los tests del cociente intelectual. Declaró luego que los diversos tipos de inteligencia se podían reducir a dos formas principales: la primera de ellas, dijo, es la inteligencia asimilativa, la inteligencia que actúa como una esponja y absorbe de inmediato todo lo que se le ofrece, que avanza confiada y encuentra naturales, evidentes, las relaciones y analogías que otros antes han establecido, que está orientada de acuerdo con el mundo y se siente en su elemento en cualquier dominio del pensamiento.

—A propósito —dijo entonces—: tenemos aquí mismo un buen ejemplo.

Vi con inquietud que miraba hacia mi banco.

—Sí, sí: usted, jovencito; no se haga el distraído.

¿No es su nombre acaso el que nos aburre desde el cuadro de honor de nuestra querida institución? ¿No es usted el que termina sus exámenes antes que nadie y le da igual que sean de Literatura o de Química, de Astronomía o de Puericultura? Ahora bien, este tipo de inteligencia se diferencia únicamente en aspectos cuantitativos de las facultades normales de cualquier persona, es sólo una acentuación de la inteligencia común: más rapidez, mayor penetración, más habilidad en las operaciones de análisis y de síntesis. Es la inteligencia de los llamados talentosos, o "capaces", que el mundo conoce por miles. No se ofenda —me dijo, encogiéndose de hombros—; es la inteligencia que mejor se aviene con la vida y es de este tipo también, después de todo, la inteligencia de los grandes sabihondos, de los *humaniora*. Tiene sólo dos peligros: el aburrimiento y la dispersión. La vanidad la incita a poner el pie en todos los campos y la facilidad excesiva, ya se sabe, acaba por aburrir. Pero salvados esos dos obstáculos, será usted sin duda un hombre exitoso, lo que fuera que eso signifique. En cuanto al otro tipo de inteligencia —dijo— es mucho más raro, más difícil de hallar; es una inteligencia que encuentra extrañas y muchas veces hostiles las ligaduras más comunes de la razón, los argumentos más transitados, lo sabido y comprobado. Nada es para ella "natural", nada asimila sin sentir a la vez cierto rechazo: sí, está escrito, se queja, y sin embargo no es así, no es eso. Y este

38

rechazo es a veces tan agudo, tan paralizante, que esta inteligencia corre el riesgo de pasar por abulia, o por estupidez. Dos peligros también la amenazan, mucho más terribles: la locura y el suicidio. Cómo sobrellevar esa protesta dolorosa contra todo, esa sensación de no estar emparentado con el mundo, esa mirada que no registra sino insuficiencia y debilidad en los lazos que todos los demás encuentran necesarios. Algunos lo consiguen, sin embargo, y entonces el mundo asiste a las revelaciones más prodigiosas y el exiliado de todo enseña a los hombres a mirar de nuevo, a mirar a su modo. Son pocos, muy pocos; la humanidad los acoge otra vez en sus brazos y los llama genios. Los demás, los que quedan en el camino... —murmuró para sí— no encuentran lugar bajo el sol.

INTELIGENCIA CONVENCIONAL.
VS.
INTELIGENCIA GENIAL

Cuatro

Desde la llegada de Roderer se había verificado ampliamente en el sector femenino de nuestra división esa curiosa ley humana según la cual el más retraído se convierte en el más solicitado; el que se aparta de todos, en el que todos buscan. Entre las chicas que se habían fijado en él, hubo una que se enamoró de verdad, con esa pasión sin disimulos, algo penosa de ver, con que suelen amar las chicas sin gracia. Su nombre era Daniela, pero desde primer año la llamábamos Maceta Rossi. Tenía, en efecto, las pantorrillas muy gruesas, unas piernas macizas que parecían no pertenecerle, porque el cuerpo, de la cintura hacia arriba, era más bien flaco. La cara volvía a ser redonda y estaba resguardada por una expresión pudorosa, siempre a punto de sobresaltarse con cualquier palabra grosera; tenía con todo alguna belleza, esa belleza blanda que no sirve demasiado y que como un pobre consuelo suaviza las facciones de las chicas gordas. Para su desgracia estaba prohibido en el Colegio que las mujeres llevaran pantalones y las medias tres cuartos remarcaban aun más su defecto.

La devoción que tenía por Roderer era tan atolondrada que solamente a él, que no atendía a nada, le pasó inadvertida. A las demás chicas les causaba gracia y también alguna indignación que Maceta Rossi hubiera, como decían, apuntado tan alto. Fueron las primeras en notar que había empezado a ir pintada al Colegio y que se había puesto a régimen. Debía ser un régimen espartano; en poco tiempo la cara se le afinó notablemente y el cuerpo, que ya era delgado, se redujo todavía más y adquirió un aspecto quebradizo no muy agradable de ver. Pero las piernas se negaban a ceder en nada y se las veía ahora mucho más desproporcionadas, como dos apéndices grotescos. Maceta Rossi, valientemente, siguió adelgazando; las piernas se mantuvieron inconmovibles. Esto era cómico, por supuesto, muy cómico. En ruedas donde se cruzaban las miradas maliciosas las chicas le aseguraban que se estaba poniendo lindísima, aunque su cara al adelgazar se había revelado insulsa y los ojos, agrandados, tenían un brillo enfermizo.

—Ahora sólo faltan las piernas —le decían—: hay que hacer ejercicio. ¡Ejercicio! —y entre todas la convencieron de que lo mejor para reducir pantorrillas era subir y bajar escaleras. A partir de entonces, en todos los recreos, Maceta Rossi subía y bajaba obedientemente la doble escalinata de mármol de la entrada. Iba con la cabeza gacha, el cuerpo encorvado, sin detenerse un instante, contando en voz baja los escalones. Los varones, al pie de la escalera, le marcábamos el paso con un estribillo infame y ella nos miraba al pasar con unos ojos temerosos, algo extraviados, y movía más rápido los labios para no perder la cuenta. Cuando estaba por llegar arriba Cufré soltaba con su diente partido dos largos silbidos de admiración y conseguía que Maceta Rossi se apretara nerviosamente la pollera contra los muslos en un gesto de pudor que nos hacía llorar de risa. Muchas veces pensé después en esta risa y en las frases hechas sobre la adolescencia. La edad de los absolutos, la edad de la contaminación necesaria, la edad en que se llora cuando los demás ríen y se ríe cuando los demás lloran. Parece casi una broma que estas frases benévolas, razonables, adultas, con que se perdonan a coro las viejas atrocidades y se limpian en el tiempo las culpas, lo aludan sin saberlo, en cada palabra. Yo también creo a veces que estábamos espoleados y que otra risa más fuerte se alzaba a nuestra espalda.

Roderer, por supuesto, no reparó en ella más que antes. Durante esa única conversación que tuvimos en el colegio recuerdo que me preguntó cuando la cruzamos en la escalera, como si hubiera allá un misterio irritante, por qué aquella chica subía y bajaba todo el tiempo. Solté una carcajada involuntaria. *Porque está enamorada de vos*, se me cruzó decirle. Me encogí de hombros:

—Quiere adelgazar —dije y él asintió sin mirarla más.

El día que Maceta Rossi se desmayó había llovido por la mañana y la escalera estaba cubierta de aserrín. Cayó de a poco, aferrándose al pasamanos, rodó dos escalones y quedó tendida boca abajo. Fueron a buscar al doctor Rago, que acababa de dar clase en la planta alta. Rago nos ordenó que nos apartáramos, se arrodilló, la dio vuelta y le limpió la boca y la frente de aserrín.

—Esta chica hace días que no come —dijo y nos miró de un modo amenazante. Dos celadores la llevaron semidesvanecida a la casa. *Sólo tiene que comer,* decíamos nosotros, *sólo comer un poco y se recupera.* Pero al otro día faltó y faltó también toda la semana siguiente. Empezó a circular en voz baja el nombre de la enfermedad: *anorexia, anorexia nerviosa.* Cuando nos dijeron que la habían llevado al hospital todos nos volvimos a acordar de que se llamaba Daniela y decíamos ahora la pobre Daniela.

Maceta Rossi murió a principios de junio; nos lo anunciaron una mañana a la salida del Colegio y nos llevaron desde allí a la casa, donde se hacía el velatorio. Era una de las casitas de monoblocks en el Camino de Cintura. La madre nos dio un beso a cada uno; parecía conocernos a todos. Pasamos a una galería muy estrecha; cuando entramos, sin poder evitarlo, nos encontramos rodeando el cajón. Apenas me animé a dar una mirada a lo que había quedado de ella: una cabeza de pájaro, con las órbitas oscuras y sobresalidas. Una sábana de hilo cubría piadosamente el cuerpo y cubría, sobre todo, las piernas. Nos miramos por encima del ataúd y en esas miradas despavoridas nos decíamos unos a otros, sin poder creerlo: fuimos *nosotros*.

A Roderer, que había entrado último, lo detuvo la madre junto a la puerta.

—Y usted debe ser Gustavo —escuché que le decía—. Daniela hablaba tanto de usted.

—¿De mí? —dijo Roderer. Pareció comprender de a poco lo que eso significaba. Avanzó un paso hacia el cajón, se dio vuelta, abrumado, y como si no resistiera estar allí adentro abrió por su cuenta la puerta y se fue.

Faltaba una semana para que se tomaran los primeros exámenes. Roderer no volvió al Colegio.

Cinco

Un tiempo más tarde, a principios de invierno, fui por primera vez a la casa de Roderer. Había leído por entonces las dos novelas de Heinrich Holdein que había en mi casa y todas las que encontré en la biblioteca municipal, pero no conseguía dar con la que había sido su obra magna y a la vez su testamento literario: La visitación. En la librería del pueblo también me desalentaron; Holdein, me dijeron, estaba pasado de moda; las dos únicas ediciones del libro en castellano no se habían vuelto a imprimir. Se me ocurrió entonces que tal vez Roderer lo tuviera y decidí ir a verlo.

La casa era una de las pocas que quedaban en pie de la época en que Puente Viejo era el balneario donde veraneaba el gobernador y aun arruinada como estaba no había perdido un aire de majestad que hacía difícil adivinar si habría costado unas monedas o una fortuna. Tenía al frente un jardincito muy cuidado, con un camino de grava que desembocaba en un porch tapizado de enredaderas. Me abrió la puerta la madre; mi hermana me la había señalado una vez por la calle: era una mujer bajita y descolorida, que había abandonado su cuerpo al paso de los años y no parecía desear ya nada para sí. Cuando le dije que quería ver a su hijo la cara se le iluminó y me hizo pasar con una cordialidad tan entusiasta que tuve la incómoda sensación de que yo era no sólo el primero que los visitaba en Puente Viejo sino la primera visita que jamás habían recibido. Me guió a través de un corredor desierto; nuestras pisadas levantaron de los listones de madera un eco desolado. Cruzamos una sala que estaba también sin amoblar y nos detuvimos frente a una puerta. La madre de Roderer golpeó suavemente. Nadie contestó. Volvió a golpear y me dijo en tono de disculpa:

—Está siempre encerrado aquí, pero a veces baja un rato a la playa.

Se decidió por fin a abrir la puerta. El cuarto estaba vacío; era, obviamente, un cuarto de estudio, aunque había en un rincón un sofá con una manta. El ventanal corredizo, que daba a los médanos, había quedado a medio abrir y se escuchaba, muy cercano, el ruido del mar. El escritorio estaba puesto no junto a este ventanal sino contra la pared de enfrente, una pared desnuda. Había algunos libros abiertos boca abajo y muchos otros apilados de cualquier manera, que dejaban apenas un cuadrado libre frente a la silla. La madre me hizo pasar y vi entonces la biblioteca. Ocupaba la pared más grande del cuarto y los estantes, repletos, subían hasta dar casi con el techo. Era inmensa y sin embargo yo sentí una bienhechora sensación de alivio: allí estaban por fin los libros de Roderer todos juntos y podían abarcarse de una sola mirada. Sonó en algún lugar de la casa un reloj cucú; la madre miró por la ventana, indecisa.

—Creo que voy a ir a buscarlo —dijo—; no debe estar muy lejos.

—No, no —me apresuré a decir —: voy yo.

Descorrí el ventanal. Las pisadas de Roderer estaban marcadas en la arena; rodeaban los médanos y descendían a la playa. Lo encontré sentado en uno de los reparos de tamariscos, con los ojos fijos en el mar. Se sorprendió, creo, al verme.

—Tu madre me dijo que estabas aquí.

Me senté a su lado y me quedé mirando también un momento el mar, el mar de toda mi vida. No logré que me pareciera distinto.

—¿Se piensa mejor acá? —le pregunté.

—No sé —dijo— : yo vengo para dejar de pensar.

Pareció arrepentirse de su tono seco; me miró gravemente y señaló con la cabeza hacia la ventana.

—Aquello… a veces se vuelve intolerable. Crece y lo absorbe todo, todo lo quiere para sí. Eso está bien: *tiene* que ser obsesionante. Pero después, no hay cómo detenerlo, no puedo cerrar los libros y decir tranquilamente: sigamos mañana. Venir aquí es lo único que me queda, lo único que todavía… funciona.

Calló, como si lo avergonzara estar hablándome de aquello. Le pregunté entonces por el libro.

—La visitación —dijo—, qué curioso. Lo tengo, sí.

Se levantó sin decir más nada y volvimos en silencio; daba grandes pasos y yo debía apurarme para seguirlo. Sacó el libro no de la biblioteca sino de una de las pilas sobre el escritorio. Pensé que tal vez todavía lo necesitara.

—No —me tranquilizó—, ya no.

Estaba en un solo tomo, una edición que nunca volví a ver: en la tapa había un caballete con una tela en blanco, sobre la que se proyectaba con fuertes líneas geométricas, como un bosquejo cubista, la sombra del Diablo.

Ya estaba por despedirme cuando Roderer me preguntó por el Colegio. En realidad, me di cuenta, no le interesaba en absoluto lo que pudiera contarle: era apenas una muestra de cortesía, torpe, a destiempo, como si hubiese recordado a último momento una regla de urbanidad. Aquello me irritó y le revelé, como si fuera cosa resuelta, una idea que había considerado una vez vagamente y que ni siquiera había hablado con mis padres. Le dije que a mí también me había hartado el colegio, que había decidido rendir en las vacaciones el último año libre y que me iría del pueblo al año siguiente, a estudiar en la Universidad. Me detuve, anonadado por la seguridad con que acababa de exponer aquel plan que un minuto antes no existía. Roderer, sin embargo, no pareció impresionarse mucho; me preguntó, con la misma indiferencia de antes, si ya tenía decidido qué carrera seguiría. Tuve que confesar que no había pensado todavía en eso.

—Tal vez Filosofía —dije, y espié en su cara si había acertado el golpe—, ¿no se supone acaso que es la ciencia más alta?

Roderer señaló el libro que me llevaba bajo el brazo.

—Lindström diría que es la teología. Aunque no hay que hacerle mucho caso, en el capítulo siguiente abandona el monasterio y se consagra exclusivamente a pintar: en el fondo Holdein creía, como buen escritor, que el modo de conocimiento más profundo es el arte. Igualmente —dijo en tono escéptico—, en esta época, ¿qué sentido tiene esa discusión? La teología está muerta y enterrada y la filosofía, tal como se entendió hasta ahora, le sigue los pasos: en la Universidad te llevarían a dar vueltas por el museo, a visitar los viejos sistemas embalsamados. Quedan, es cierto, las ciencias: la física, o alguna de las ciencias naturales, pero a uno tiene que interesarle en algo el mundo, que no deja de ser sólo un ejemplo: y aun así, debería estar dispuesto a contentarse con lo real, menos todavía, con lo comprobable. No —dijo—: creo que en todo caso yo elegiría la matemática, el único campo donde la inteligencia logró llegar lo bastante lejos como para quedar a solas consigo misma.

—¿Y no pensaste en seguir la licenciatura? —pregunté.

—Sí pensé. Como un adiestramiento. Hubiera sido

51

un modo formidable de disciplinar las fuerzas. —Hizo un gesto dolorido, como si todavía le costara desechar la idea.— Voy a estudiar lo que pueda, pero no en la Universidad: una carrera podría consumirme todo el tiempo y no puedo correr ese riesgo. Debo dedicarme cuanto antes… a lo otro. —Sus ojos se desviaron al escritorio y quedó en silencio. Pero yo tampoco estaba dispuesto a dejarme impresionar.

—¿Lo otro? —pregunté en tono irónico—. Qué estudios tan extraordinarios serán.

Roderer me miró con frialdad; su voz sonó neutra pero había en sus ojos algo tenso y cortante.

—Sí —dijo—, esa es exactamente la palabra. Son extraordinarios.

Noté que se había replegado, como si viera en mí un posible enemigo.

—Bueno —le dije algo arrepentido, del modo más amistoso que pude—, supongo que ya me contarás.

Le agradecí otra vez el libro y le aseguré que sabría llegar solo a la puerta de calle. En el pasillo me salió al encuentro la madre, que debió escuchar mis pasos; tenía puesto un delantal en el que se secaba nerviosamente las manos.

—Cómo, ya se va. Dios mío, y veo que Gustavo ni lo acompañó a la puerta. —Movió la cabeza, avergonzada. Le dije que yo había insistido en salir por mi cuenta y que su hijo había estado muy amable.

—¿De veras? ¿Y va a venir otra vez?

Le contesté, riendo, que sí y me miró con un agradecimiento que volvió a incomodarme.

—Yo sé que no debería meterme —dijo—, pero no puede ser sano que se pase los días encerrado, sin hablar con nadie. Por eso quería yo que fuera un tiempo más al colegio. Conmigo casi no conversa y tampoco tiene ningún amigo. Y yo que tenía la esperanza de que en un pueblo iba a ser distinto. No sé, me da miedo que esté tanto tiempo pensando.

Me miró con una expresión angustiada, como si su hijo estuviera ya fuera de su alcance.

—Señora —me animé a preguntarle—, ¿Gustavo tiene alguna enfermedad?

—No... no —me contestó desorientada—, ¿qué le dijo a usted?

—No, nada en realidad —dije con cautela—. Pero a veces habla como si no pudiera perder ni un momento, como si le fuera a faltar el tiempo.

—Ah, eso —suspiró—. Sí, cree que tiene un plazo; una vez cuando discutíamos me lo dijo. No sé qué significa. Pero enfermo no está —dijo, como si defendiera un último bastión—: eso al menos yo lo sabría.

Abrió la puerta casi con pesar.

—¿Va a volver entonces?

Alcé la mano, sonriendo.

—Prometido —dije.

Seis

Apenas llegué a mi casa —y para no dejarme, creo, la posibilidad de arrepentirme— les anuncié a mis padres mi propósito de ingresar en la Universidad al año siguiente. Esto significaba, bien lo sabían ellos, que me iría quizás para siempre de Puente Viejo. Mi madre, que se debatía entre el orgullo y la tristeza, trató débilmente de disuadirme para que me quedara un año más. A mi padre, que me conocía mejor, debió llamarle la atención que no me inclinara por una carrera humanística, pero no me hizo preguntas; tal vez aquel fue, aunque entonces no supe verlo, uno de los primeros indicios de ese desinterés progresivo con que se fue poco a poco apartando de todo. Cristina, que suponía en aquel tiempo que cualquier cosa que yo intentara me saldría bien, se interesó mucho más por averiguarlo todo sobre la casa donde vivía Roderer, sobre el lugar exacto del encuentro en la playa y sobre los mínimos detalles de la visita. En los días siguientes noté que desaparecía furtivamente por la tarde y una vez, sin poder contenerme, le hice una broma sobre las huellas de arena que dejaba al volver.

Enrojeció de golpe y me miró de un modo tan dolorido que me callé de inmediato. Nunca había visto a mi hermana así, pero evité acercarme, preguntarle nada: prefería no enterarme, no saber. Ella, a su vez, se volvió reservada y me eludía, como si temiera de mí una advertencia, o un juicio. Inmerso en el libro de Holdein, respirando el aire venenoso que parecía extenderse más allá de las páginas, alzaba los ojos cuando ella abría la puerta al volver de la playa y en su cara grave, transfigurada, asistía a los estragos del amor.

Volví a la casa de Roderer una tarde de agosto, una de las tardes más extrañas de mi vida. Las calles del pueblo estaban desiertas y el viento, helado, cortaba los labios y hacía atronar el mar. La madre dio al verme una exclamación de alegría y me hizo señas para que me apresurara a entrar.

—Hijo, con este tiempo se animó a venir.

Me llevó hasta la cocina, donde había una gran estufa, y me ayudó a quitarme el sobretodo y la bufanda.

—Vaya a golpearle la puerta, que yo le preparo un buen café. Vaya, vaya: a Gustavo le va a dar mucha alegría verlo.

Golpeé dos veces, no muy seguro de que Roderer estuviera de acuerdo con ella. Lo encontré sentado frente al escritorio con el pelo revuelto y la cara desencajada, como si hubiera pasado la noche sin dormir. Había junto al sofá una salamandra encendida, que en la visita anterior no había visto; las llamas proyectaban sobre la pared unas inquietas figuras rojizas que no conseguían calentar el cuarto. Entró la madre con una bandeja y dos tazas.

—No entiendo —murmuró— por qué hace siempre tanto frío aquí. —Se inclinó a subir el fuego y sirvió luego el café.— Quería felicitarlo —me dijo sorpresivamente—: su mamá me contó que piensa ir a la Universidad el año que viene.

—Mi madre, ¡ya estuvo hablando! —dije alarmado—. No es nada seguro todavía, tengo que rendir muchos exámenes. No imaginaba que ustedes se conocían —añadí.

—La encuentro a veces en el almacén. —Movió a medias la cabeza hacia su hijo, sin decidirse a enfrentarlo.— Cómo quisiera yo que Gustavo también siguiese una carrera, tantas veces se lo dije... —Me tocó el brazo.— Capaz *usted* pueda convencerlo.

Miré a Roderer; sus ojos ardían de impaciencia y por un momento temí que fuera a gritarle, pero cuando nos quedamos solos volvió sobre el asunto, como si de veras le interesara.

—Bueno —me preguntó—, ¿cuál fue la señalada?

—Decidí hacerte caso —le dije—: Matemática.

Roderer tomó mi frase, creo, en un sentido textual.

—Eso está bien, eso está muy bien —repetía pensativo, como si una pieza importante se hubiera colocado en el sitio justo. Contra lo que yo había supuesto la noticia parecía darle auténtica alegría. Extendió la mano sobre los libros amontonados en el escritorio.

—Esto se complica cada vez más, se está haciendo demasiado difícil como para que no necesite, en algún momento, también de la matemática. Y entonces tendría a quién recurrir: lo humano, después de todo, puede acudir a lo humano. Eso es —dijo entusiasmado, como si hubiese llegado a una resolución—: vas a ser mis ojos y mis oídos.

Lo miré, dudando de que hablara en serio; por primera vez se me ocurrió que el enclaustramiento quizá lo estuviera trastornando. Se había quedado absorto, con la taza de café a mitad de camino, como si estuviese verificando un último cabo suelto. De pronto me preguntó, en un tono inesperadamente cordial, qué me había parecido el libro de Holdein. Pensé con buen humor que si contestaba bien tal vez me convirtiera de siervo en aliado y hablé, con mi pedantería de entonces, un buen rato yo solo. Roderer asentía con aire atento a cada uno de mis juicios y a mis expresiones de entusiasmo pero esperaba, me di cuenta, que yo mencionara otra cosa, algo más; toda su atención estaba en realidad centrada en saber si yo diría aquello, fuera lo que fuere, y a medida que me escuchaba se iba decepcionando. Me detuve, algo ofendido. Hubo un silencio.

—Sí —dijo—, todo eso es cierto. —Y para animarme a seguir repitió una o dos de mis frases. Dichas por él, sin ningún énfasis ni calor, sonaban como elogios más o menos pueriles. Comprendió, creo, que estaba empeorando aun más las cosas y empezó de nuevo, en un tono cuidadoso.

—Todo lo que dijiste… lo sentí yo también, exactamente igual, en la primera lectura. Son, digamos, los aciertos, lo que está acabado. Pero en una gran obra también es revelador lo que quedó incompleto, o malogrado, las inconsecuencias, la parte de materia que no pudo ser dominada, los puntos de dificultad extrema en que para seguir adelante se debe perder algo. Es inevitable —siguió—, porque toda obra, aun la más compleja, es una simplificación, una reducción. Del infinito caótico, acribillado de hechos y relaciones y sólo a medias coherente que tiene delante de sí el escritor, a la finitud del libro, los pocos elementos con los que puede quedarse y que debe disponer del mejor modo posible para crear la ilusión, apenas una ilusión, de las magnitudes reales. Eso es lo acabado en el fondo: una simulación racional, un artificio. Pero en las equivocaciones, a través de las grietas, uno puede asomarse a veces al verdadero abismo, a la visión original.

—¿Sí? —dije, todavía resentido—. ¿Y en qué se equivocó el pobre Holdein?

Roderer pasó por alto mi tono irónico.

—¿No te llamó la atención, por ejemplo, el tema de las pasiones? Lindström está descrito al principio como alguien para quien ningún sentimiento existe. *Apenas percibía*, se dice en las primeras páginas, *en qué compañía estaba: un halo de frialdad lo rodeaba.* Y cuando le preguntan si existe para él una pasión más fuerte que el amor responde sin dudar: *Sí, la curiosidad del espíritu.* Holdein fue valiente en escribir esto, en formular un héroe así, enteramente cerebral. Pero después, en el primer encuentro con la primera pasión real, ¿no cae Lindström demasiado pronto, demasiado fácilmente? Ese romance con la prostituta, ¿no es un poco decepcionante? Por lo menos, hay que reconocer, es extraño. Extraño, por supuesto, respecto de la personalidad de Lindström, la aventura en sí es muy vulgar, casi un lugar común de la literatura; se nota incluso que a Holdein le incomoda contarla: está narrada, y no por puritanismo, del modo más indirecto posible, y como no puede justificarla termina hablando de una "transformación química" en la naturaleza de Lindström. Toda la historia parece insertada. ¿Pero por qué necesitaba incluirla?

—Se explica más adelante —dije yo—: representa la perdición, el acto en que Lindström sacrifica su salvación.

—Se dice eso, es cierto; pero no deja de sonar como una justificación a posteriori, un esfuerzo de astucia para no retroceder ante lo escrito, para salvarlo yendo más allá, y en el fondo sólo consigue empeorar las cosas. Porque el amor puede provocar mil caídas

pero no la perdición. Es un terreno demasiado res-
guardado por lo divino; en todo abrazo, aun en el que
pueda parecer más depravado, hay un vestigio religio-
so, un eco de la comunión. —No necesito decir lo desconcertantes, lo insólitas que sonaban en su boca palabras como "amor" o "abrazo". Y sin embargo yo no
dejaba de sentirme algo impresionado, porque Roderer, que después de todo tenía la misma edad que yo,
parecía saber hondamente de qué estaba hablando.—
La perdición —dijo y su voz vibró por un instante, antes de recuperar la frialdad de siempre— se supone
que es un acto solitario, a espaldas de todos los hombres; un acto, además, que debe ser tan terrible como
para desafiar una misericordia infinita. Hay en realidad una sola ofensa a Dios sin retorno: el intento de
suplantarlo.

—El asesinato, como en Dostoievski —dije yo.

—O el conocimiento —y debió advertir en mí un
gesto de sorpresa porque añadió secamente—. No
por supuesto las cuatro o cinco leyes con que se en-
tretienen los hombres; no las sobras, la cuota de sabiduría tolerada, sino el verdadero conocimiento, el lo-
gos, que resguardan juntos el Diablo y Dios.

Sus ojos se habían endurecido, como si por un momento hubiera dejado de hablar en sentido figurado;
parecía estar viendo realmente delante de sí a dos
enemigos alzados en su contra. Se dirigió otra vez a
mí con una sonrisa tensa.

—En todo caso, ya ves que el idilio de Lindström con esa María Magdalena no podría escandalizar al Señor.

—Puede ser —arriesgué— que haya incluido la historia no porque fuera importante en sí misma sino porque la necesitaba luego en la trama. Justamente —recordé—: en esa relación contrae la enfermedad venérea, el foco febril que le permite después percibir al Diablo.

—No —dijo Roderer, como si ya hubiera considerado esa posibilidad—. Si fuera sólo cuestión de percepciones, hay otro medio más efectivo que cualquier enfermedad venérea, mucho más acorde con la personalidad de Lindström.

Se detuvo, como si no estuviera muy seguro de que debiera seguir hablando.

—¿Cuál? —pregunté. Quería oírselo decir. Me miró, imperturbable.

—El que utilizó Magritte y sobre el que tanto nos ilustró el doctor Rago. Concuerda perfectamente con la época y hubiera sido menos artificioso. Holdein tiene que asesinar a dos médicos para impedir que curen a Lindström; dos asesinatos, sólo para hacer verosímil el grado de avance de esa sífilis.

Se me ocurrió que la razón también podía ser trivial.

—¿No será simplemente una aventura que el propio Holdein vivió y no pudo resistirse a escribir? Al fin y al cabo, en todos sus otros libros y aquí mismo, en mil lugares, usa su biografía: Lindström es él.

Roderer vaciló, sólo un momento.

—Puede ser, pero eso no alcanza a explicar el resto, por qué cede también a las otras pasiones. El amor hacia la bailarina rusa, por ejemplo, no está traspuesto de su vida, sino de la de Picasso. Lo que yo pregunto, no te olvides, es por qué Lindström, el héroe de la soledad, que debería ser capaz de apartar todo sentimiento, resulta tan vulnerable, o, para decirlo con la fórmula de Holdein: ¿por qué el aislamiento no resiste la solicitud?

—¿Pero es una pregunta, o tenés una explicación?

—Tengo —dijo cautelosamente— una idea. Creo que a Holdein lo venció un temor de escritor. Temió que si llevaba al extremo la frialdad de Lindström resultara un personaje "fuera de lo humano", un símbolo, una figura abstracta. Lo formuló, sí: el héroe sin alma, el héroe que clama por un alma, pero en el camino acabó por aplastarlo la tradición literaria, que admite que cualquier pasión se lleve a los extremos, amor, odio, celos, cualquiera, menos la pasión intelectual, el viejo prejuicio que identifica inteligencia con frigidez. ¡Como si la inteligencia no pudiera arder y exigir las hazañas más altas, la vida misma!

Calló, avergonzado de haber puesto tanto énfasis. Recién entonces noté que estaba temblando violentamente. Pensé que habría quedado algo abierta la ventana y me levanté para cerrarla. Al acercarme a los vidrios me pareció percibir un movimiento afuera, una forma que se ocultaba detrás de un árbol. Estaba oscuro, pero alcancé a distinguir entre los árboles una figura que escapaba, una figura que conocía demasiado bien. Era mi hermana. "Dios mío", pensé, "lo *espía*".

Me di vuelta; Roderer no parecía haber notado nada. Su cara, que apenas alumbraba el fuego, estaba inmóvil, alerta, como si hubiera escuchado pasos *dentro* de la habitación. Dije que debía irme y se volvió hacia mí, trastornado.

—Pero… no hablamos todavía de lo más importante. —Su voz me sobresaltó: sonaba estrangulada, apenas audible.— El pacto —articuló con un esfuerzo angustioso, y creí por un momento que no lograría seguir—, en el pacto también hay una contradicción.

Se sobrepuso, como si pisara otra vez terreno seguro, pero su tono lúcido contrastaba con la expresión de la cara, que no dejaba de vigilar alrededor. Hablaba en un susurro rápido y tenso, como si temiera, sobre todo, volver a detenerse.

—¿Qué se le ofrece a Lindström a cambio de su alma? Tiempo, veinticuatro años de tiempo. Pero no un tiempo cualquiera, eso queda bien subrayado en el pacto: es un tiempo de grandeza, un tiempo de exaltación en que todo se mueve en altura y sobrealtura, la clase de tiempo necesaria para que pueda levantar su obra de gigante. Aquí está precisamente la paradoja. Si fuese sólo el viejo reloj de arena dado vuelta y Lindström quedase librado a sus fuerzas. Pero no podría ser así, claro, ¡no puede ser así! Porque la gran apuesta de la novela es afrontar el problema crucial del arte en esta época: el agotamiento progresivo de las formas, la inspección mortal de la razón, el canon cada vez más extenso de lo que ya no puede hacerse, la transformación terminal del arte en crítica, o la derivación a las otras vías muertas: la parodia, la recapitulación. Y este problema, aunque sólo es una parte del otro, una pregunta en el margen de la gran pregunta, ya es de por sí tan difícil que ninguna medida de tiempo humano alcanzaría. Por eso el Diablo debe ofrecer un tiempo sobrehumano, hecho solamente de arrebatos e iluminaciones, un tiempo en el que reina la inspiración primordial, la exaltación en estado absolutamente puro. La inspiración, se dice todavía, que no permite elegir ninguna alternativa, ni mejora ni enmienda *y en la que todo es acogido como un bienaventurado dictado*. Ahora bien, ¿no es esto excesivo? ¿No acaba la oferta por invalidar el pacto? Porque, ¿de quién será finalmente la obra? Cuando Lindström logra terminar su obra cumbre, ese "Reloj de arena" —que está descripto, no por casualidad, como uno de los relojes blandos de Dalí—, ¿qué es lo que hace? *Rompe el pincel*. Y en su discurso final dice explícitamente que debería rendirse homenaje al Diablo, porque toda su obra es obra del Diablo. Lo dice al pasar, claro está, porque Holdein era consciente del riesgo que corría su personaje, sabía que el pacto así presentado entrañaba esta debilidad, que Lindström podía quedar reducido a un mero ejecutante de la inspiración diabólica. Por eso le hace remarcar que debió penar y llevar a cabo abrumadoras tareas, que el Diablo se limitó a apartar las dudas paralizantes, los escrúpulos de la razón. Pero eso solo, mantener a raya a la razón, ¿no lo es todo aquí, no es, en todo caso, demasiado?

Roderer echó una mirada en torno y se contestó a sí mismo, como si no estuviera seguro de hasta cuándo podría seguir hablando.

—Es demasiado, sí. Alguien que fuera realmente un elegido no hubiera aceptado jamás un trato así. —Alzó la voz.— Y cuando se presentara el Diablo, cuando apareciera del fuego con su verdadera ropa y le ofreciera esos veinticuatro años hubiera dicho: ¡No, no los quiero!

Enmudeció, lleno de horror. Su voz se había quebrado y aquel "No, no los quiero" había salido sobreagudo, cómicamente aflautado, como el grito de una mujer histérica. Sentí abrirse de a poco, en todo su inconcebible alcance, la magnitud de lo que me estaba revelando.

—Y en ese caso... —pregunté—, ¿cómo hubiera reaccionado el Diablo?

Roderer había abierto uno de los cajones del escritorio; sacó de un frasco dos pastillas y las tragó mecánicamente, una detrás de la otra, con un gesto agotado.

—¿Cómo hubiera reaccionado? —Y dijo sin emoción:— Lo hubiera agarrado del cuello y le hubiera gritado: Entonces no los tendrás.

—*No los tendrás*. Eso significa…

—Creo que sí —dijo. Se llevó una mano a los ojos—. Voy a tratar ahora de dormir. De noche ya no puedo: tengo pesadillas. —Me miró, fatigado.— ¿Tuviste alguna vez pesadillas todas las noches?

Salí, anonadado, del cuarto. La cocina estaba desierta. Me puse el sobretodo, sin conseguir abotonarlo, y me anudé de cualquier modo la bufanda. La madre de Roderer me alcanzó en la puerta.

—Hijo, ¿le gusta el dulce de manzana? —Y me tendió un frasco enorme que había preparado para mí.

—Sí, mucho. Gracias, ¡gracias! —le dije con una vehemencia que la hizo reír. Y caminando de lado contra el viento apreté el frasco hasta mi casa como si fuese un talismán.

Siete

*Nos dio mucha alegría que hayas ganado la beca; está-
bamos seguros de que te la darían, pero bueno, se habían
presentado tantos. Que a tu edad estés en la Universidad y
que además puedas ahora mantenerte solo es algo que nos
pone doblemente orgullosos. Y pensar que vos te quejabas
de que no eras tan inteligente como el hijo de la señora Roderer. A propósito, la encontré hace poco; te envía muchos
saludos. Pareciera que ya está resignada a que su hijo se
convierta en un inútil. Desde que dejó el colegio, me contó,
no sale de su cuarto. A ella le dice que estudia, que estudia
algo muy importante. ¿Te imaginás? Y ni siquiera quiso
terminar el secundario. Por supuesto, tampoco piensa tra-
bajar. Para mí es un caso típico de inmadurez: no quiere
asumir responsabilidades. Lo peor es que no les queda mucho dinero, la pobre mujer está preparando alfajores para
vender en la temporada. ¿A vos te parece? En fin, ya ves:
la inteligencia es una parte del asunto, pero la inteligencia
sin voluntad no puede ir muy lejos. Lo que me preocupa es
que tu hermana, entre tantos candidatos, sólo tenga ojos
para ese muchacho. Ella cree que no me doy cuenta, pero
una madre se entera, se entera incluso de cosas que no qui-*

siera saber. Y sé por qué te digo esto, aunque no sea un te-
ma para tratar aquí.

Me contaba luego que mi padre estaba pensando en cerrar su estudio. *Está cansado,* decía solamente, y terminaba más abajo con algunas recetas de cocina. *Para que no comas todos los días salchichas y hamburguesas.* La alusión a Roderer me sobresaltó: no recordaba haber llegado a *quejarme* de que él fuera más inteligente. *La inteligencia sin voluntad no puede ir muy lejos,* había escrito mi madre. Eso era en el fondo lo mismo que me había esforzado por pensar yo, como una íntima carta de triunfo. Pero ahora, escrito por ella, me sonaba como un lugar común mezquino, intolerable, y sentía removerse otra vez en mí la vieja inquietud que casi había logrado olvidar desde que estaba en Buenos Aires. Es cierto que no hubiera podido señalar ni un solo motivo para estar disconforme; la vida se había allanado a mis propósitos con una benevolencia que no dejaba, a veces, de llamarme la atención: había tenido una de las mejores notas en el ingreso y en el segundo cuatrimestre me habían nominado para la Olimpíada Universitaria; la matemática me estaba resultando un juego apenas más difícil que el ajedrez. Y aunque tenía en la Facultad compañeros absolutamente brillantes, de una inteligencia superior, podía mirar a cada uno y sentirlos en el fondo mis iguales:

ellos tampoco, me daba cuenta, hubieran escapado a la clasificación de Rago.

Sí, todo estaba resultando mejor aún de lo que había planeado, y sin embargo, no había conseguido dejar atrás a Roderer; había bastado esa sola mención de mi madre para que su sombra se alzara otra vez y desde su irritante quietud empezara como antes a invadirlo todo. Aquello sobre mi hermana, por ejemplo, ¿era sólo lo que yo sabía o había algo más? Recordé, sin poder evitarlo, la escena que tuve con Cristina la noche en que volví de la casa de Roderer. Nos habíamos tratado en la mesa, durante la cena, como si nada hubiese ocurrido. Yo, que hubiera lamentado más que todo volver a avergonzarla, me concentré en mi plato y evité hablarle por temor a que una inflexión en mi voz o un desliz al mirarla dejara traslucir que la había descubierto. Me fui luego a la cama y ya estaba acostado, tratando de poner en orden lo que me había dicho Roderer, cuando Cristina entró en mi cuarto sin llamar. Estaba descalza, en camisón, llorosa y desesperada.

—¿Soy tan fea? —me dijo, con la voz entrecortada—; ¿tan fea? —Y con un movimiento brusco y desolado se quitó el camisón y quedó desnuda, de pie junto a mi cama. Me alcé sobre los codos, sobresaltado, y ella, con los hombros sacudidos por el llanto, se dejó caer de rodillas y ahogó la cara en la sábana. La cubrí con una de las frazadas y durante un rato larguísimo le acaricié el pelo, con la mayor suavidad posible;

cuando logró volver a hablar me contó entre hipos que el día anterior se había acercado en la playa hasta quedar delante de él.

—No me vio; tenía los ojos abiertos y yo estaba parada justo enfrente, pero no me veía. —Alzó la cabeza, asombrada, como si la explicación hubiera estado allí todo el tiempo.— Se droga, ¿es eso?

—Creo que sí —dije.

—Pero… ¿por qué? —me preguntó, implorante—. ¿Qué le pasa?

Estuve a punto de confiarle la conversación que había tenido con Roderer, pero a mí mismo se me hizo de pronto increíble, como si fuera un sueño equivocado. Traté de consolarla.

—Tal vez sea sólo un poco de marihuana cada tanto.

Cristina me sonrió tristemente y se dio vuelta para ponerse otra vez el camisón.

—Pobre hermano —me dijo antes de irse—, siempre quisieras que nada fuera muy grave.

Creí que esa noche había recuperado a Cristina, en realidad, la estaba perdiendo para siempre. Aquella fue la última vez que se confió a mí y desde entonces se volvió impenetrable, como si hubiese tomado una resolución que la apartaba definitivamente de mi lado. De esto, por supuesto, no me di cuenta en aquel momento: yo estaba jugando las últimas fechas del torneo de ajedrez y la preocupación por las partidas no me dejaba ver demasiado alrededor. Lo gané finalmente y tuve mi copa y una foto en el diario, pero no logré sentir la alegría que había esperado: aquella frase desdeñosa de Roderer había hecho su trabajo. Roderer, siempre Roderer. Y la distancia, ahora tenía la prueba, no conseguía arreglar las cosas. Traté de olvidar la carta, pero en los meses siguientes empecé a sentir una vaga intromisión que se fue acentuando hasta hacerse del todo reconocible, como una imagen que hubiese entrado en foco. En cada uno de mis momentos libres, cuando dejaba de lado el estudio para ir al cineclub, o cuando se alargaban las sobremesas en el comedor, me asaltaba con intolerable nitidez la idea de que mientras tanto, a mil trescientos kilómetros, Roderer estaba encorvado sobre su escritorio, de que en todos mis tiempos muertos él seguía pensando.

Volví a Puente Viejo en las vacaciones de verano, después de rendir los exámenes de diciembre. En la estación de ómnibus me estaba esperando mi hermana; en aquel año se había transformado en una chica abrumadoramente hermosa; nos miramos y reímos al mismo tiempo, algo incómodos.

—Te dejaste el pelo largo —dijo ella.

—Y vos —empecé admirado—, vos... —Pero ella me abrazó antes de que pudiera decirle nada. Vi afuera, perfectamente estacionado, el viejo Peugeot de mi padre.

—Hey —dije—, ¿y desde cuándo sabés manejar? Si yo te había dicho… ¿Quién te enseñó?

Volvió a reírse.

—No te preocupes —dijo—: aprendí sola.

Amanecía y la calle de acceso estaba desierta. Yo miraba su cara de perfil, atenta a las indicaciones del camino, miraba el bello ángulo de la garganta, el cambio misterioso y decisivo de su cuerpo y ella giraba cada tanto la cabeza y sonreía entristecida, como diciendo: *sí, pero eso no cuenta.*

A la tarde, después del almuerzo, desaté sin querer una discusión en mi casa. Mi padre, a quien había encontrado más callado que de costumbre, se había ido a la biblioteca, a dormitar en su sillón. Cristina se había puesto la malla para acompañarme al mar y cuando apareció otra vez en la cocina yo hice en voz alta una broma sobre novios y pretendientes.

—Sí —dijo mi madre—, hacen cola, pero tu hermana es Mademoiselle No. Imaginate: prefirió ir sola al baile de fin de curso.

Cristina se volvió hacia mí.

—Mamita quería que fuese con Aníbal.

—¿Con Aníbal Cufré? —dije yo, incrédulo.

—Cambió mucho —dijo mi madre—, desde que trabaja es otro muchacho. Y yo solamente dije que me daba lástima: venía todos los días con flores.

—De Florerías Cufré —dijo mi hermana—: el único que quiso emplearlo fue el tío.

—Por lo menos no es drogadicto —observó calmosamente mi madre.

Mi hermana enrojeció de furia.

—Yo me voy —dijo—. Te espero en el espigón.

—No me mires así —dijo mi madre alzando los platos—. No puedo evitarlo: me preocupan mis hijos. Y esto no es la Capital. Sobre todo para una mujer; si no viene a dormir de noche, tarde o temprano alguien se va a enterar.

Encontré a Cristina sentada en la arena, abrazada a las rodillas. Se había puesto un buzo sobre la malla y lo había estirado para cubrirse las piernas, como una débil defensa contra el viento. No había empezado todavía la temporada y sólo se veían, muy lejos, dos o tres cañas, los viejos compañeros de pesca de mi padre. Me senté a su lado y saqué dos cigarrillos; el viento no dejaba de soplar y me costó encenderlos

—Perdí la práctica —dije; ella sonrió y se quedó mirando un instante la pequeña brasa en la punta.

—Fumé una vez en casa —dijo—. No delante de mamá; pero estaba papá.

—¿Y qué dijo?

—Pasó de largo y se fue a su sillón; no le importó. Pero creo que últimamente no le importa nada: hay días que se pasa toda la tarde sentado. Va a cerrar el estudio, me parece; quiere pedir la jubilación.

—Sí, algo me contó mamá. ¿Y ella, como está?

—¿Mamita? Igual que siempre; y nunca se va a jubilar.

Hablábamos todavía con cautela, ensayando el modo de antes, como si no estuviéramos muy seguros de cuánto seguía igual y cuánto había cambiado. Ella juntaba mecánicamente puñados de arena y evitaba mirarme, tal vez porque yo la miraba demasiado. En un momento nos quedamos en silencio; los dos presentíamos que se había acabado lo que era fácil de contar. Le pregunté entonces por Roderer. Fue sencillamente eso, una pregunta, pero me miró furiosa, y dolorida, como si le hubiese dado un golpe a traición.

—Te mandó ella, ¿no es cierto? Te mandó mamá.

Le juré que no, pero no me creyó; hundió el cigarrillo en la arena y se levantó bruscamente.

—En el fondo son los dos iguales; y no entienden nada. ¡No entienden nada!

Se fue caminando hasta la orilla del mar. Y se quedó parada allí, con los brazos cruzados y la cabeza encogida, como una figurita temblorosa al lado del agua.

No pasó mucho tiempo antes de que empezara a invadirme el mismo desasosiego que había sentido en Buenos Aires. Me pesaban como una culpa las horas vacías al sol, la indolencia adormecedora del verano; ni siquiera me divertía ya meterme con mi canoa en el mar o acompañar a mi padre cuando se quedaba de noche pescando. No me sorprendió no encontrar a Roderer en la playa: debía detestar el aspecto de Puente Viejo en la temporada, con la arena llena de latas de cerveza y el espectáculo de la gente amontonada al sol. Yo tenía planeado ir a visitarlo —había en realidad algo que había "visto y oído" y que quería contarle— pero una íntima resistencia, un orgullo estúpido, me hacía postergar de un día a otro la visita. A mediados de enero me encontré una tarde en el Correo con su madre. Yo estaba en la fila de franqueo y no la escuché acercarse.

—Déjeme adivinar —me dijo y puso una cómica cara de embeleso—: carta para una novia.

Admití, riendo, que era algo así. Nos miramos con afecto.

—Se dejó el pelo largo. Y está más flaco. ¿Su novia no sabe cocinar?

—Y usted se cambió el peinado —dije.

—Sí que es observador. —Se tocó ligeramente el pelo.— No me quedó más remedio: tengo un quiste aquí y últimamente creció un poco. Nada serio, dicen los médicos. Pero feo de ver. A mi edad —suspiró— nada se hace por simple coquetería.

—¿Cómo está Gustavo? —pregunté.

—Igual que siempre —dijo desalentada—. Encerrado. Pero escúcheme: si usted sigue tan caballero como lo recuerdo, podría ayudarme con este paquete y hablar un rato con él. Son frascos de dulce de leche. ¿Estaba enterado de mi nueva ocupación? Le voy a hacer probar mis alfajores.

Durante el camino me siguió hablando con ese entusiasmo casi juvenil que me hacía sentir vagamente culpable; yo la escuchaba sólo a medias: estaba pensando cómo sería volver a entrar en esa casa, ver otra vez a Roderer. Elogié mecánicamente un cantero de azaleas en el jardín de entrada.

—Me habían dicho que no iban a crecer aquí —dijo, orgullosa, y se detuvo un instante a contemplarlas—. Pero ya ve. —Se inclinó para arrancar un yuyo, las miró otra vez y me sonrió, algo avergonzada:— Será porque yo les hablo.

Me ayudó con el paquete en los escalones del porch y se adelantó para abrir la puerta.

—¡Gustavo! —escuché que llamaba. Entré y dejé los frascos en la cocina—. ¡Gustavo! —volvió a gritar la madre—: Una sorpresa.

Roderer se asomó a la puerta del cuarto y me saludó apenas con un gesto. No había cambiado nada. Forzando la atención me pareció que tal vez sus ojos estaban algo más brillantes y que sus manos tenían un ligero temblor nervioso que yo no recordaba. También el cuarto estaba intocado, como si el tiempo no hubiera transcurrido allí adentro. Saqué por mi cuenta la pila de libros de una de las sillas, decidido esta vez a no tomármelo en serio.

—¿*Sigues encadenado a este montón de libros cubiertos por el polvo que envuelve desde el viejo papel hasta lo alto de las bóvedas?*

Roderer sonrió a su pesar; yo seguí, entusiasmado, imitando el tono grandilocuente de las representaciones universitarias.

—¡*Sal al ancho mundo! En vano es esperar que una árida reflexión te explique los signos sagrados.*

—El ancho mundo… como trampa es demasiado vieja; así tentó a Cristo en la cima del monte. Todas estas cosas te daré: los reinos y la gloria de este mundo. Con tal de que cediera a la vida, de hacerlo vivir una vida humana. Ese es su juego: extinguirnos en el mundo. Pero el mundo es sólo un ejemplo, los reinos de este mundo son los reinos de lo accidental.

—Puede ser, pero tenés que reconocer que hay accidentes muy admirables.

Roderer siguió mi mirada. Dos chicas que volvían de la playa se habían detenido casi frente al ventanal. Esperaban a otras dos que venían algo más atrás, con una loneta y una sombrilla. Cuando cruzaron, una de ellas señaló, riendo, hacia nosotros y antes de desaparecer las dos últimas se dieron vuelta y alzaron la mano para saludarnos. Me di cuenta de que tenía en ese momento una leve ventaja: Roderer no podía saber cuánto había cambiado yo en aquel año. Esto me dio una repentina sensación de impunidad.

—Esa tentación —dije— no vas a poder resistirla.

—Claro que sí —me respondió, molesto; y luego, como arrepintiéndose de su brusquedad, me dijo en otro tono—: Si algo sé es que lo que no se reveló hasta ahora a nadie no lo voy a tener por menos de la vida entera. Y eso es lo que estoy pagando, no lo dudes, por conocer la respuesta.

—Pero ¿y si no hubiera respuesta? ¿Si pudiera demostrarse, por ejemplo, que la solución está fuera de los límites de la razón humana?

—Si te referís a los argumentos kantianos…

—No. Estaba pensando en un resultado de la lógica matemática que se probó hace muy poco, un teorema absolutamente irrefutable. Se lo escuché mencionar a Cavandore, un matemático argentino que está en Cambridge y dio en Buenos Aires una serie de conferencias. Dijo que los alcances no están todavía del todo aclarados, pero que puede ser el último clavo para enterrar la filosofía. Lo que demuestra el teorema, básicamente, es la insuficiencia de todos los sistemas conocidos hasta ahora. De todos: desde las cosmogonías más antiguas y los grandes sistemas del siglo diecinueve hasta los últimos intentos del estructuralismo y el Círculo de Viena. Esto solo, aunque ya es bastante impresionante —dije, tratando de repetir las palabras de Cavandore— no sería tan nuevo, porque después de todo la sensación de ese fracaso ya está, de mil modos, y desde hace más de un siglo, en el espíritu de la época; está, incluso, dentro de la filosofía, desde Kant en adelante. Que ahora los matemáticos lo pongan en fórmulas no debería sobresaltar a nadie. Pero lo que sí es nuevo, lo que hace al teorema verdaderamente extraordinario, es que en la demostración se logra abstraer la noción exacta de sistema filosófico y entonces el resultado central, por lo que parece, podría aplicarse no sólo hacia atrás, como hasta ahora, para invalidar los sistemas conocidos, sino también hacia adelante, lo que liquidaría la posibilidad de cualquier pensamiento filosófico futuro.

Esto último dio de lleno en el blanco. Roderer se demudó y dijo contra su voluntad:

—Parece interesante; me gustaría verlo.

—Sí, me imaginé que te interesaría; le pedí las referencias a Cavandore y lo estudié por mi cuenta: la matemática que se usa es bastante elemental. Puedo enseñártelo si querés —dije. Por primera vez estaba disfrutando—. Claro que hacer la demostración en detalle llevará su tiempo, hay algunas definiciones que deberías aprender; pero mañana o cualquier otro día podemos empezar.

—Hoy mismo; puedo decirle a mi madre que prepare algo de comer para más tarde. ¿O necesitás traer algún libro?

El tono imperioso de Roderer, que antes me hubiera sublevado, esta vez me hizo sonreír.

—No; me lo acuerdo bien. Sólo voy a precisar lápiz y papel.

Se trataba, por supuesto, del gran Teorema de Seldom, que estaba conmocionando al mundo de las matemáticas, el resultado más profundo que daba la lógica desde los teoremas de Gödel de los años treinta. Ya se sabía que Seldom había ido mucho más allá; sólo faltaba precisar cuánto. Existe ahora una versión aligerada de la demostración, debida, creo, a Liéger y Sachs; la prueba original de Seldom era larga y fatigosa y tuve, naturalmente, que empezar desde muy atrás: Roderer apenas recordaba la matemática del secundario. Me había dado unas hojas cuadradas, muy grandes, con los bordes amarillentos, que empecé a llenar con las primeras definiciones y con algunos ejemplos muy sencillos. Avanzábamos con una lentitud insólita: *un momento,* me decía casi a cada paso y se quedaba largo rato cavilando sobre la implicación más obvia, o bien, me hacía preguntas desconcertantes, preguntas que a cualquier otro le hubieran hecho sospechar que Roderer no entendía nada de nada. Pero yo me acordaba demasiado bien de cierta partida de ajedrez y no estaba dispuesto a subestimarlo. Al principio creí que trataba de comparar esos conceptos matemáticos que eran nuevos para él con las categorías filosóficas usuales; que quería, por así decirlo, asegurarse de estar entendiendo en toda su extensión los términos del lenguaje formal. Pero el recelo con que analizaba cada uno de los argumentos me hizo pensar luego algo mucho más descabellado, algo increíble, y que sin embargo se correspondía perfectamente con su modo de ser: que Roderer, con su media clase de matemática, estuviera tratando de detectar un error en la demostración de Seldom.

Fuera como fuere, demoré casi una semana en llegar al resultado crucial de la teoría. La madre me abría encantada la puerta cada tarde y nos preparaba sandwiches a la hora de cenar, o nos llevaba café cuando se hacía muy tarde. Siempre era yo el que proponía continuar al día siguiente; cuando me levantaba de mi silla, Roderer juntaba y numeraba las hojas escritas y al despedirme me quedaba la sensación de que apenas yo cerraba la puerta él volvía a sentarse y las seguía repasando toda la noche.

El último día, como si por fin se hubiese resignado, me escuchó sin interrumpirme, en un silencio hosco, casi desatento. Reuní uno a uno los hilos de la demostración, obligándolo a reconocer la justeza de cada uno, y tiré de ellos a la vez con el argumento simple y milagroso de Seldom. Roderer no hizo ningún gesto: su cara se mantuvo imperturbable, como si no lo hubiera alcanzado todavía la revelación que contenía el teorema.

—No se habla aquí de sistemas filosóficos —dije—, pero por supuesto, todo sistema filosófico es una teoría axiomática en el sentido de Seldom: las cosmogonías antiguas, el sistema aristotélico, las mónadas de Leibniz, incluso la dialéctica hegeliana, o la marxista, todas son concepciones basadas en una cantidad finita de postulados. La idea misma de sistema filosófico precisa que se fije, aunque sea provisoriamente, alguna noción primitiva sobre la que pueda hacer pie la razón. Y como caen dentro de las hipótesis del teorema están condenados a la paradoja de Seldom: o bien son decidibles y en ese caso no pueden pretender un gran alcance, porque son demasiado simples, o bien, si tienen el mínimo necesario de complejidad, ellos mismos originan sus fórmulas inaccesibles, sus preguntas sin respuesta. En fin —dije, cobrándome una antigua cuenta—: o la escala es muy pequeña, o tienen agujeros insalvables.

Roderer guardó en silencio las últimas hojas con las demás y me despidió luego fríamente. Cuando abandoné la casa, cuando salí al aire tibio y sereno de la tarde, me invadió una euforia difícil de explicar, una alegría casi insana. Ya se había ido el sol pero persistía esa claridad extendida de los atardeceres de verano. Bajé a la playa, que estaba desierta, y corrí por la franja de arena húmeda junto a la orilla; corrí como un enloquecido, llevado en el aire por el estruendo profundo del mar, y en el vértigo de los pies sentí que la vida se bastaba de nuevo a sí misma.

Ocho

No volví a Puente Viejo en las vacaciones siguientes;
quería "ver mundo" y apenas terminaron las clases,
con un dinero que había ahorrado durante el año, hice un viaje al Norte, sin planear demasiado el itinera-
rio. Desde Salta crucé a Bolivia y cambiando dos veces
de ómnibus seguí hasta Puno, en el Perú, y desde allí,
siempre por tierra, hasta el Cuzco. En una tarde im-
borrable de enero, al día siguiente de mi llegada, hice el ascenso a pie al Machu Picchu; se había anuncia-
do lluvia a la mañana y los contingentes turísticos no
habían subido; me encontré al bordear la ciudadela
absolutamente solo y, con la sensación de estar pisan-
do suelo prohibido, me asomé, desde la roca funera-
ria, al valle sagrado de los incas. Estremecido, extáti-
co, sentí vacilar por primera vez mi orgulloso ateísmo,
como si fuera a ser arrasado por ese silencio infinito.
Y aunque me quedé luego en el Cuzco casi un mes en-
tero, no volví a las ruinas; temía, sobre todo, que el
flash de una cámara, la voz de los guías, o una exclamación en inglés, pudieran arruinar de algún modo
ese recuerdo sobrecogedor. A fin de enero, cuando ya

había decidido volver, conocí en una plaza de compra y venta a una estudiante árabe de Arqueología, que me convenció de acompañarla hasta Chancay, al norte de Lima, a las huaquerías en los cementerios preincaicos. Compré en una feria, con el dinero que había reservado para el pasaje, una mochila y unas ojotas de llanta; me sentía, por primera vez, aventurero, irresponsable, feliz, y me dejé arrastrar por ella, de pueblo en pueblo, hasta el fin del verano.

Encontré a mi regreso dos cartas bajo la puerta. La primera era una cédula del Ejército, con la citación para cumplir el servicio militar; la otra era una carta de Roderer. La guardé cuidadosamente todos estos años, sin conseguir formarme una opinión definitiva. La transcribo tal como la recibí, sin fecha ni encabezamiento.

Sé que no te agradecí como hubiera debido la lección del verano pasado. Todos estos meses estuve sobre esas hojas que me dejaste y a medida que pasa el tiempo mi deuda de gratitud no hace sino aumentar. Es verdad que tuve un primer momento de duda, incluso una vacilación. Pero cuando el pensamiento ha llegado suficientemente lejos, toda nueva oposición es sólo en apariencia oposición: en realidad señala la próxima altura a conquistar y la razón la recoge en sí al pasar, se alimenta de ella, y a la vez la suprime y la conserva. El teorema de Seldom no invalida la posibilidad de un sistema filosófico. No podía hacerlo por un motivo absurdamente sencillo:

porque yo, como adivinaste, estaba desarrollando uno, un sistema que sin duda no era trivial y tampoco —esto lo sé ahora— tiene inaccesibles. Y sin embargo el resultado de Seldom es irreprochable y es cierto también que reduce a modestas especulaciones todos los sistemas filosóficos anteriores. Pero no alcanza al mío, que es de una naturaleza distinta. La razón de que esto sea así, como sucede en estos casos, es difícil de descubir y fácil de explicar: ocurre que todo el pensamiento filosófico, hasta ahora, estuvo penetrado hasta las raíces por una lógica binaria. No podía ser de otro modo, porque la formación del pensamiento lógico es anterior a toda filosofía. No sólo los métodos de demostración, las formas de validación o las refutaciones; incluso las categorías están fraguadas en la única lógica que conocía el hombre, el rígido ser o no ser aristotélico. Y los que trataron luego de evadirse —Spinoza, Hegel, Lukasiewicz—, consiguieron imaginar, sí, cómo podrían ser las leyes o los fundamentos de una filosofía distinta, pero los concibieron desde esa limitación binaria que está incorporada a la matriz del pensamiento. Los imaginaron como imaginaría un círculo un hombre que sólo conociera las líneas rectas. El teorema de Seldom da cuenta de esa imposibilidad esencial, de ese error de origen. Se me ocurre para vos otro símil geométrico, quizás más preciso: si se piensa a la lógica binaria como un plano verdadero-falso, el teorema de Seldom alcanza a todas las figuras racionales que puedan dibujarse en ese plano, pero no a una que estuviera trazada en el espacio.

Sin saber nada de esto, yo había partido de una página olvidada de Nietzsche sobre la formación del pensamiento en la mente de los hombres, la descripción de la lógica como el resultado de una larga serie de simplificaciones, necesarias para la supervivencia, pero fatalmente ilógicas: la inclinación dominante a tratar las cosas parecidas como si fueran iguales, a desestimar lo cambiante y lo transitorio, a suprimir las fluctuaciones, a ceder en cada ocasión el triunfo al instinto animal, más rápido y activo, sobre la circunspección o la duda; la lógica, en fin, como un antiguo malentendido que el sopor de la costumbre no nos deja ver. En esas pocas líneas estaba condensada la sensación de extrañeza de toda mi vida. Por primera vez sentí que quizás no fuera yo el equivocado y me dediqué a repensar todo lo que hasta entonces había aprendido, a empezar desde "primeros principios", revisándolo todo. No podrías imaginarte, nadie podría hacerlo, la desesperante lentitud con que avanzaba, tratando de separar, una y otra vez, lo que la costumbre había igualado, esforzándome por recuperar todos los estados intermedios del pensamiento, los razonamientos precarios, los nexos perdidos u olvidados, las intuiciones primitivas, y sobre todo los contenidos, que estaban increíblemente arrasados, casi aniquilados, por la igualdad formal. Pero adquirí en estos años un método, una facultad para discernir que se eleva sobre lo humano, un nuevo entendimiento que abrirá las puertas de otro cielo, un cielo todavía vacío que espera a los hombres. Mi triunfo es, sin embargo, un triunfo a medias. Está amenazado. Ahora sé —vos me lo dejaste saber— hasta qué punto estoy solo. Lo que me queda por delante, el último problema, es quizás el más difícil. Hacer inteligible para la vieja razón *humana esta nueva ciencia. ¿Te das cuenta de la dificultad maligna que hay en esto? No es lo mismo estar sano que saber curar al enfermo. ¿Cómo hacerle entender a la razón lo que ella nunca podrá entender? ¿Cómo lograr que se me comprenda? Hasta entonces estaré expuesto. Deseáme suerte: llevo una llama del fuego más guardado, voy sobre regiones vedadas desde siempre al pensamiento humano.*

Releí esta carta muchas veces a lo largo del tiempo; en un primer momento sólo quise ver en ella los signos declarados de algún tipo de locura, una especie de misticismo intelectual, o una triste y risible megalomanía. Aquello del nuevo cielo, ¿no revelaba por sí solo una perturbación mental? Llegué a pensar también que todo podía ser una fabulación ideada por Roderer para no reconocer su fracaso; una salida de ingenio: atribuirse la posesión de un secreto que por su misma naturaleza no podría develarse. Igualmente, no me decidí nunca a tirar la carta: el argumento central y el símil geométrico me resultaban, casi a mi pesar, convincentes; ¿por qué no podía ser cierto también lo demás? Sea como fuere, al leerla ahora, sólo consigo ver, agigantadas y patéticas, las dos palabras casi escondidas del final, las únicas que pueden justificar que Roderer haya realizado una acción tan extraña en él como caminar hasta el Correo para enviarme una carta. *Deseáme suerte,* lo más parecido a un grito de auxilio que fue capaz de emitir.

En marzo de aquel año empecé el servicio militar, en el regimiento 7 de Infantería. Mi buena suerte no me había alcanzado para librarme en el sorteo y tampoco durante la revisación médica. Después de mucho pensarlo, había decidido no pedir la prórroga universitaria: imaginaba que todo sería cuestión de atravesar el período de instrucción y que apenas me dieran destino me las arreglaría de un modo u otro para recuperar el año. La realidad trajo algo mucho peor. Cuando aún no habíamos cumplido el primer mes de adiestramiento, nos despertaron un día de madrugada, nos reunieron en el patio de armas del batallón y nos anunciaron que el país entraba en guerra. Galvanizados de estupor, sacudidos por los gritos de los oficiales, preparamos febrilmente el equipo de campaña y antes del mediodía subimos a un tren militar con destino al Sur. La noticia de la guerra, como un golpe de efecto teatral, había levantado en vilo al país. En cada pueblo, en cada estación, la gente se agolpaba junto a las vías, con bombos y banderas; y en esas caras entusiasmadas, en el desfile incesante de manos que nos despedían entendí por primera vez la frase de Roderer: *el mundo es un ejemplo*.

Muy entrada la noche llegamos al cruce de Urpila, a siete kilómetros de Puente Viejo. La gente del pueblo había ido hasta allí con linternas y faroles y habían

90

encendido una gran fogata para esperarnos. Noté con desesperación que el tren no aminoraba la marcha. Saqué la cabeza y los brazos por la ventanilla y escuché en la oscuridad gritar mi nombre. Distinguí a mis padres, que corrían torpemente a la par del tren y vi, más atrás, a mi hermana. Estaba detenida junto al fuego, con los brazos en alto; alguien la abrazaba por la cintura, alguien que también me saludaba: era Aníbal Cufré.

Nuestro batallón fue asignado a la defensa de Monte Harriet, en la isla Soledad. Son curiosos los registros del tiempo; se supone que estuvimos allí apenas un mes y medio. El día de la rendición, por la noche, caímos prisioneros y durante casi una semana, hasta que terminaron las negociaciones, estuvimos encerrados en la iglesia de Puerto Argentino; luego, nos embarcaron en el Canberra con los restos de los demás destacamentos. Allí en cubierta, por primera vez en setenta días pudimos bañarnos, pero tuvimos que ponernos la misma ropa destrozada. Nos desembarcaron a la altura de Puerto Madryn, donde nos esperaba un equipo de enfermería con comida caliente y ropa limpia. Recién entonces sentí que todo había terminado. Yo, que no estaba herido, volví por tierra, en uno de los camiones de Gendarmería. A la altura de Puente Viejo pedí permiso para visitar a mi familia y me concedieron veinticuatro horas, con la obligación de reportarme a mi unidad al día siguiente. El camión me dejó en la ruta, a la entrada del pueblo. Era una mañana fría y luminosa; las calles, los árboles, el aire, todo parecía intocado, y brillaba débilmente con la primera luz del sol. La puerta de mi casa estaba, como siempre, sin llave, y desde la cocina llegaba, como un perfecto milagro, el olor a café del desayuno. Dieron al verme una exclamación de sorpresa.

—Soy yo —dije, y hubiera querido gritar: *soy el mismo, el mismo*.

Me abrazaron atropelladamente, riendo y hablándome todos a la vez. Mi madre me soltaba para mirarme y me volvía a abrazar y Cristina, que me había agarrado de la mano, no dejaba de sonreírme entre las lágrimas. Trajeron otra silla y tuve que hablar de la guerra, pero se dieron cuenta, creo, de que no quería contar demasiado. Nos quedamos de pronto en silencio los cuatro.

—Mejor cuéntenme ustedes —dije.

—Por aquí, ya sabés, nunca hay demasiadas novedades —dijo mi madre—. Tu hermana tiene una —y sonrió con aire feliz.

—Ah, sí —dije—: algo vi desde el tren; pero creí que me mentían los ojos.

Cristina, que se había levantado a traer más café, me miró suplicante.

—A él lo movilizaron en el segundo llamado —dijo mi madre—, pero tuvo más suerte: le tocó en el continente. Ya debe estar también por llegar; y adiviná lo que le prometió Cristina. —Se detuvo, radiante.— Cristina, ¿se lo voy a tener que decir yo?

—Nos vamos a casar —dijo mi hermana—. A fin de año.

Dije que me parecía una locura, que Cristina tenía apenas dieciocho años y recién estaba terminando el secundario. Mi madre sonrió impasible.

—Yo también me casé a esa edad; puede esperar para tener hijos. Lo que pasa es que está hablando un ataque de celos. Voy a buscarte una ropa de tu padre, así te podés duchar.

Me llamó entonces desde el dormitorio.

—Hay otra noticia; nada alegre. La señora Rodcrer está muy grave, tiene un tumor cerebral. Deberías ir a verla, preguntó tanto por vos este tiempo. Y ya le queda muy poco. Está en su casa ahora: en el hospital necesitaban la cama y no la quisieron tener más.

Fui a visitarla antes de tomar el tren de regreso. Tuve que tocar dos veces el timbre y golpear en una de las ventanas antes de que Roderer saliera a abrirme. Estaba sin afeitar, con la ropa arrugada; parecía más que nunca ensimismado y huraño. Me miró con extrañeza, como si mi aparición fuera algo inexplicable que le exigiera la modificación crucial de una hipótesis.

—No creí… —y sin terminar la frase me tendió intempestivamente la mano, como para corregir una expresión involuntaria que por un instante había aparecido en su cara, una expresión fugaz pero inconfundible: era miedo. Qué doloroso, y al mismo tiempo, qué característico, que yo equivocara las cosas y en ese único gesto de afecto que Roderer tuvo hacia mí creyera ver una simulación y confundiera ese miedo con un temor intelectual. En realidad —pero esto sólo ahora puedo reconstruirlo—, al abrir la puerta, en ese brevísimo instante de duda, su inteligencia debió señalarle el significado exacto de que yo hubiera vuelto indemne de la guerra; y él no quiso oír e igualmente me tendió la mano.

—Vine a ver a tu madre —dije. Asintió y me condujo por un corredor que no conocía; se detuvo delante de una puerta entornada.

—¿Estás seguro de querer verla? —me preguntó—. Tuvieron que hacerle quimioterapia; tal vez ni te reconozca, sólo de a ratos está lúcida.

Entré. Vi sobre la cama, como un bulto, el cuerpo recogido, con la cara vuelta contra la pared; las mantas sólo dejaban al descubierto la nuca, de la que colgaban unos últimos mechones lacios. El tumor sobresalía detrás de la oreja, tirante y amoratado. Recordé el gesto leve con que se había tocado el pelo: *Nada serio, dicen los médicos*. Di un paso adelante, sin saber cómo llamarla. La cama despedía un pesado olor a colonia. Ella debió advertir que alguien entraba; sin mover el cuerpo torció el cuello y giró hacia mí la cabeza. Me miraba con uno solo de sus ojos.

—Usted —dijo, como si me esperara desde hacía mucho—. Dígame usted, que estudió tanto —y su voz dio un vuelco aterrado—: *¿por qué me tengo que morir?*

Su mirada se mantuvo clavada en mí por un segundo y luego subió imprecisa al techo.

—No sabe —suspiró—, tampoco sabe. —Y dando vuelta la cabeza se arrebujó otra vez silenciosamente contra la pared.

Retrocedí, tratando de no hacer ruido.

—Creí... ella me había dicho —murmuré— que era un tumor benigno.

—*Es* un tumor benigno —dijo Roderer con una fría furia—, ese es su sentido del humor. Absolutamente benigno. Un quiste óseo. Si hubiera crecido sólo por afuera, dijo el médico, sería cuestión de rutina. Los operan por docenas, todos los días. Con anestesia local. Pero se infiltró a través del cráneo. El médico no se lo esperaba, pero a veces sucede: invierten la dirección. Y ahora atravesó el cráneo y ya no puede hacerse nada. Sólo esperar a que siga creciendo y benignamente le seccione el temporal. —Su voz enronqueció.— Creí que bastaba con que hubiera dejado de hablarle, que la había apartado lo suficiente. —Sonrió con una mueca.— Debo estar muy cerca —dijo y súbitamente volvió a mirarme:

—Lleváte a Cristina, sacála ya mismo de aquí.

El nombre de mi hermana en boca de Roderer me causó una honda impresión.

—Cristina —dije secamente— está por casarse.

—¿Es que no entendés todavía? ¿O creés que va a frenarlo la marcha nupcial? Sé lo que estás pensando, sé perfectamente lo que pensás; pero de esto, por lo menos, deberías acordarte: lo que provoca un efecto existe, también es real.

Y al abrirme la puerta me volvió a decir: Llevátela.

Nueve

Durante el tiempo que viví en Buenos Aires mi hermana me escribió sólo tres cartas. En las dos primeras —una para cada cumpleaños—, se advertía dolorosamente, bajo el tono ligero y los comentarios graciosos, un esfuerzo a duras penas sostenido por no mencionar un nombre. La última la recibí en un día particularmente decisivo para mí. Cavandore estaba otra vez en Buenos Aires; habían pasado casi casi tres años desde la guerra, estaban por restablecerse las relaciones diplomáticas con Gran Bretaña y lo habían enviado, como muestra de buena voluntad, a ofrecer un programa de becas en Cambridge para los alumnos a punto de graduarse. Yo estaba asistiendo a los seminarios que dictaba y aquel día, en uno de los intervalos, me había llamado aparte.

—¿Por qué no se inscribió todavía en el programa? Usted es una de las personas en las que yo pensaba; estuve hablando con sus profesores: todos lo recomendaron.

Cavandore me examinaba con unos ojos serenos y amables. Me sentí avergonzado: sabía bien que cualquier cosa que dijera —sobre todo la verdad— sonaría pueril.

—Si fuera otro lugar, otro país; pero justo Inglaterra...

—¿Qué quiere decir? Si piensa estudiar lógica es un lugar inmejorable; el mismo Seldom está invitado para el primer semestre. —Me miró como si lo asaltara de pronto una idea demasiado absurda como para que se le hubiera ocurrido antes.— ¿O usted me está planteando una cuestión de patriotismo?

—No, no es patriotismo; pero yo... estuve en las islas —dije.

Cavandore se quedó un momento callado.

—Discúlpeme, no lo sabía. —Y pareció reflexionar como ante un problema que se hubiera puesto levemente más difícil.— Entiendo, no crea que no lo entiendo. Pero tómelo así: el lugar es Cambridge, no Inglaterra. El país de un matemático son las universidades de todo el mundo. —Y agregó con un gesto serio:— Prométame que va a pensarlo.

Se lo prometí, pero mi tono no debió convencerlo.

—Le voy a decir algo duro, para asegurarme de que lo piense bien: usted cree que es joven, cree que tiene mucho tiempo por delante y todas las posibilidades para elegir. Pero eso no es cierto: ya no es tan joven y las puertas que cierre ahora no se le van a volver a abrir.

Volví de la Facultad a pie, por el camino más largo; quería mirar el río y seguí por la costanera hasta la zona de dársenas. Cada tanto atronaban en el aire, enormes y violentos, los aviones que despegaban del aeroparque. Cuando atravesé los bosques y llegué a Plaza Italia ya era casi de noche; en la puerta del edificio el portero me alcanzó la carta de Cristina. Empezaba con el mismo tono que las otras, pero en la segunda página había agregado abajo de su nombre una posdata que parecía escrita en un arrebato y que acababa de un modo inesperadamente comercial, como si se hubiera arrepentido en la mitad del impulso.

Tampoco va a ser este año el casamiento. No sé qué me pasa. O en realidad, sí lo sé. No puedo dejar de verlo. Pero creo que ahora él también me necesita. Desde que murió la madre la casa es una ruina; a duras penas tiene para comer, hay días en que toma nada más que té. Hace un tiempo pude convencerlo de que vendiera algunos muebles, pero ese dinero ya se acabó. El mismo me propuso después que vendiésemos los libros; yo también lo había pensado pero nunca me hubiera animado a sugerírselo. Como en el Apocalipsis, dijo, la devoración del libro. Aunque no lo creas estaba de buen ánimo, parecía incluso contento. Igualmente, no los voy a necesitar más, me dijo cuando los poníamos en las cajas, ya fui el camello en el desierto y el león; sólo me queda la transformación en niño y los niños no precisan tantos libros. ¿Tiene esto algún sentido? Sé que ahora va todos los días al Club Olimpo; me dijeron que llega a eso de las siete de la tarde, que pide un café y que se queda solo, sentado en una mesa, hasta que cierran. En fin, pensé que podía interesarte la colección de epistemología, o los libros de Bertrand Russell. No dejes de avisarme en todo caso.

Llevé la carta a la cocina y mientras me calentaba la cena volví a leer este último párrafo. Roderer lo había abandonado todo. ¿Qué otro significado podía tener la decisión de deshacerse de sus libros? Y sin embargo no podía creer que Cristina se equivocara respecto de su estado de ánimo y mucho menos que él fuera capaz de fingir un sentimiento. ¿A qué se debía entonces su alegría? La frase sobre leones y camellos tampoco me daba ninguna luz. Debe ser cierto que hay para cada deseo una mortificación o tal vez, simplemente, cosas que no se dejan ver antes de tiempo, pequeños misterios enloquecedores que esperan en la sombra su ocasión exacta. Saber aquello —si Roderer se había dado por vencido— era lo único que en ese momento me hubiera importado, la noticia que había estado esperando todos esos años, pero la carta de mi hermana, con ironía ejemplar, se negaba a darme una confirmación definitiva.

Me acosté muy tarde esa noche y dormí con un sueño breve, acosado, pero al día siguiente me desperté con mi buen humor de siempre, guardé la carta sin releerla, y con el ánimo despejado y resuelto fui hasta la Facultad y anoté en la lista de Cavandore mi nombre al pie. Este acto mínimo echó sobre mí, como la advertencia de que irme no me sería tan fácil, la carga más intrincada de trámites y papeles a la que jamás debí enfrentarme. Faltaban apenas dos meses para el inicio del año académico en Cambridge y Cavandore insistía en que estuviésemos allí desde el primer día. Yo había escrito unas líneas a mi casa anunciando mi decisión; por teléfono tuve que jurarle a mi madre que viajaría a Puente Viejo para despedirme: en esos años había espaciado cada vez más mis visitas, y en las últimas vacaciones, amparándome en el estudio, había evitado regresar. Esto me había valido, por supuesto, una infinidad de reproches, ruegos, inquisiciones, y finalmente un largo silencio ofendido que esta llamada suya quebraba por primera vez. Prometí pasar diez días en Puente Viejo pero a partir de entonces, como en un perfecto castigo de fábula, las fechas empezaron a encadenarse contra mi voluntad, de un modo inmanejable, y me obligaron a postergar este viaje de semana en semana hasta que apenas me quedaron libres los dos días anteriores al vuelo. De ese período caótico, del ir y venir de oficinas, de las gestiones arbitrarias, ridículas, del increíble entorpecimiento que me enredaba a cada paso, recuerdo sobre todo la aguda impresión de extrañeza cuando dejé por fin cerradas sobre la cama, en el departamento ya vacío, las dos

101

valijas que iba a llevar en el avión y me puse a preparar el bolso con la muda de ropa que usaría en Puente Viejo. Fue como una sensación del futuro anticipada en el tiempo: la sensación de no pertenecer a ningún lado.

Diez

El ómnibus llegó a Puente Viejo cerca del mediodía.
Era uno de los últimos días de octubre y en algunos
chalets del camino de acceso ya estaban los carteles de
alquiler. Cuando subimos la cuesta hacia la estación,
al ver el pueblo extendido entre los pinos, sentí otra
vez ese raro apaciguamiento, esa íntima incredulidad
que era mi argumento extremo cuando pensaba en
Roderer: nada excesivo podía ocurrir allí. Apareció el
mar, gris y picado; el viento empujaba un cordón de
nubes que cubría de lado a lado el cielo y aun esa tor-
menta que avanzaba sobre el pueblo parecía una amenaza desproporcionada. Hubo en mi casa un almuerzo desanimado; vi a mis padres, por primera vez, viejos
y cansados. Mucho más impresionante era el efecto
que una nueva tristeza, un dolor reciente y declarado
—que no se debía, por supuesto, a mi partida— había
causado en la cara de Cristina. Era como si algo en ella
hubiera cedido y un fondo de amargura se hubiese fil-
trado en sus rasgos de un modo sutil, irreparable. Yo,
que no alcanzaba a imaginar el motivo de esta pena,
estaba seguro en cambio de quién era el responsable.

Se había hablado en la mesa de mi viaje.

—Al fin y al cabo —dijo en un momento mi madre— en un año vas a estar de vuelta.

No tuve más remedio entonces que contarles todo.

—Hay algo que no puse en la carta: el programa contempla una extensión de la beca, para hacer un doctorado.

Mi madre, que había empezado a servir el postre, me miró con inquietud.

—Y eso, ¿cuánto tiempo sería?

—Cuatro años más.

Escuché cómo ahogaba un gemido y bajé la cabeza al plato; habló mi padre con su voz lenta y asmática.

—Ya no vas a volver.

—Claro —dijo Cristina como un eco—, a qué va a volver.

Terminamos de comer en silencio; mi padre, sin esperar el café, como si no pudiera quebrar una costumbre, se fue con el diario a la biblioteca. Mientras Cristina recogía los platos, mi madre desapareció un momento y volvió con un gran paquete.

—Te compramos un regalo —dijo.

Deshice el moño y rompí el envoltorio: era un piloto.

—Para cuando vayas de paseo a Londres —dijo Cristina—. Vamos, probátelo.

Sonó de pronto, desde su habitación, la alarma de un despertador. Mi hermana fue a apagarlo y mi madre la siguió hasta el cuarto. Oí el murmullo confuso de una discusión.

—Ni siquiera hoy, el único día que viene tu hermano.

—Sabés que tengo que ir cada ocho horas; voy a tratar de volver pronto. —Mi hermana parecía recorrer el cuarto, juntando cosas. Oí el golpe de un cajón, ruido de frascos, el cierre de una cartera.

—Hasta cuándo, hasta cuándo digo yo.

Escuché entonces la voz de Cristina, rápida y furiosa.

—No te preocupes; antes de lo que pensás.

Hubo un silencio y mi madre dijo en otro tono, como si estuviese algo arrepentida.

—¿Te acordás por lo menos de que invité a Aníbal a cenar?

—Voy a tratar de volver pronto —repitió Cristina. Pasó delante de mí, me subió el cuello del piloto y me dio un beso rápido:— Las inglesitas van a morir de amor.

Mi madre salió del cuarto cuando escuchó la puerta; pensé entonces que me diría algo. Pero parecía resignada, como si hubiera comprendido que estábamos los dos fuera de su alcance. Extendió vagamente la mano.

—Sacátelo —murmuró—: voy a repasarle los botones.

Fui hasta la biblioteca; mi padre se había quedado

dormido con el diario caído sobre el pecho. Me encontré de pronto deambulando solo por la casa. Abrí la puerta de mi cuarto; todo estaba allí todavía, como una trampa: mi cama, el escritorio, los afiches en la pared, la copa que había ganado en el torneo de ajedrez. Cuando estaba por atravesar el living entreví por la puerta del dormitorio a mi madre sentada de espaldas, en el borde de la cama, con el costurero abierto sobre la mesa de luz; se había doblado extrañamente sobre el piloto, con la frente casi tocando la tela. Tardé un instante en darme cuenta de que estaba llorando. Se sacó los anteojos empañados, los frotó con un pañuelo y con una mano temblorosa enhebró otra vez la aguja para seguir cosiendo. Me volví en silencio sobre mis pasos y me quedé sentado en la biblioteca junto a mi padre. En el escritorio vi apiladas, sin abrir, las revistas del club de pesca en sus sobres de plástico. Alcé la última: tenía en la tapa el anuncio de las Veinticuatro Horas de San Blas; mi padre se movió en el sillón y abrió los ojos. Pareció avergonzarse un poco de que lo hubiera encontrado dormido.

—¿Es verdad que dejaste de pescar?

—Es verdad, sí.

—Me lo contó mamá pero no podía creerlo. ¿Ni siquiera vas a ir a San Blas?

—No, no creo —dijo; cerró otra vez los ojos y se echó hacia atrás, como para seguir durmiendo—. Llega un momento en que hasta lo que más te gustaba te empieza a cansar. Hay que acostumbrarse. Pero está bien que sea así. Es la misericordia de la vejez: que te canse la vida.

Mi madre se asomó en la puerta, con la nariz colorada y el piloto cuidadosamente doblado.

—Pensaba hacerte una tarta de manzanas para el té —me dijo y me pidió que la acompañase a la cocina. Quiso que le contara qué ropa había puesto en las valijas y en dónde me iba a alojar cuando llegase, pero no me escuchaba del todo; mientras batía miraba cada tanto hacia afuera, vigilando la puerta. Comprendí que no me diría nada sobre Cristina. Había decidido tal vez que era una cuestión demasiado penosa como para tratarla justo aquel día, o quizá sintiera que yo estaba ya demasiado lejos, que estaba por convertirme en alguien ajeno al que no había por qué enterar de secretos vergonzosos. Y si yo tampoco me decidí a preguntar, no fue esta vez por evitar enterarme de algo malo de la persona que adoraba, sino porque me sentía exactamente así: como un extraño al que no le quedan derechos sobre los asuntos de la familia.

Cristina volvió cuando el té estaba servido. Se sentó con nosotros a la mesa, con la cara grave y absorta, y ni siquiera probó su pedazo de tarta. La conversación apenas se sostenía; el tiempo se demoraba con esa pesadez de pueblo a la que me había desacostumbrado. Al fin escuché, hondas y solemnes, las campanadas de la misa de la tarde. Cuando me levanté mi madre me miró con una sorpresa dolorida.

—¿Vos también vas a irte?

—Quiero bajar un momento al mar —dije—. Antes de que oscurezca.

—No tardes —me pidió—: invité al novio de tu hermana a cenar.

Afuera estaba destemplado; no había llovido pero las nubes se mantenían apretadas y espesas. El viento soplaba ahora más fuerte y traía gotas de agua de mar. Atravesé la plaza en diagonal hacia el Club Olimpo. En la breve escalera que conducía al salón de juegos me invadió esa sensación de realismo trucado con que vuelven a existir y comparecen íntegros, exactos, sin fallas, los lugares a los que no se pensaba regresar nunca. Nada había cambiado demasiado; Jeremías estaba detrás de la barra y me pareció que habría podido reconocer a todos en las mesas, un poco más viejos. Pedí una cerveza y dejé que Jeremías me contara de los que se habían ido del pueblo y de los que habían muerto. Había el mismo ruido feroz de dados y botellas, el mismo humo, pero aquel espectáculo me parecía ahora increíblemente inofensivo: apenas hombres cansados que salían del trabajo y apostaban por la ginebra antes de volver a sus casas. Noté que ya nadie jugaba al ajedrez: quedaba en el fondo una sola

108

de las mesas cuadriculadas. Alguien gritó mi sobre-
nombre, que yo casi había olvidado; era Nielsen. Sa-
ludé desde lejos y varias manos se alzaron. Terminé mi
cerveza y estaba por preguntarle a Jeremías sobre Roderer cuando lo vi aparecer en la escalera. Se había
quedado inmóvil en el último escalón, con la mano
izquierda aferrada al tope del pasamanos, como si
no consiguiese recuperar el aliento; recién cuando giró para entrar vi el bastón en la otra mano. Me levanté para ayudarlo pero se sostuvo en el respaldo de una
silla y me indicó, con la cabeza, la mesa de atrás. En
el salón se había hecho bruscamente silencio; todas
las miradas seguían su recorrido vacilante hacia el fondo, como si hubieran apostado a que no podría llegar
solo. Apenas logró sentarse se reiniciaron los ruidos.
Roderer se echó hacia atrás, fatigado, y atravesó el bastón sobre las rodillas.

—No sabía que estabas enfermo.

—Ya ves —dijo, como si no valiera la pena hablar
de eso—: igual pude levantarme y venir.

Busqué no muy seguro en su cara los rastros de la
enfermedad. Al menos esto puedo decir en mi defensa: allí sentado, con la respiración aquietada y el bastón oculto, verdaderamente parecía sólo un poco febril. Había de todos modos algo en sus facciones que
llamaba la atención, una fijeza antinatural, una especie de falta de realidad; demoré un momento en determinar qué era: en todos esos años su cara no había

cambiado nada, no tenía una línea más, ni una señal, ni una marca; Roderer no se había expuesto a la vida y la vida, con un respeto burlón, había pasado a su lado sin tocarlo.

—Cristina me contó que estás por irte.

Asentí y por un antiguo reflejo hablé de Cambridge con un entusiasmo que no era del todo auténtico.

—Cambridge —dijo Roderer—. Eso queda cada vez más lejos.

Dije que estudiaría con Seldom y Roderer hizo un gesto distraído de asentimiento, como si le hubiera mencionado algo remoto que apenas recordaba. Seguí hablando a pesar de todo, no porque creyera que pudiera interesarle —ni impresionarlo— nada de aquello, sino por una razón más oscura y agobiante: porque temía callarme y cederle el turno. Es notable lo que uno puede llegar a decir cuando está dispuesto a no dejar de hablar: me encontré haciendo una especie de balance de mi vida —de lo que yo creía que era una vida— en un tono satisfecho, casi desafiante: una exhibición ridícula de mis pequeños triunfos y cada cosa que añadía, de un modo irrefrenable, sólo conseguía empeorar la anterior. Fue, creo, la vergüenza de escucharme lo que finalmente me hizo callar.

Roderer se inclinó sobre la mesa. Sólo entonces advertí hasta qué punto había controlado su impaciencia. Miró hacia atrás, como si temiera que alguien más lo escuchara y me dijo, casi en un susurro:

—Lo terminé.

Vi un destello en sus ojos que no era el brillo de la fiebre, ni aquella antigua luz de vigilia, sino orgullo, el puro y viejo orgullo humano. *Una debilidad,* pensé.

—Terminaste… ¿qué? —pregunté con calma.

Roderer me miró sorprendido, como si fuera imposible que yo no recordara aquello.

—Lo que te escribí en la carta. Lo que intentaron Spinoza y De Quincey, la gran visión que persiguió Nietzsche: el nuevo entendimiento humano.

—Pensé que ya habías abandonado… eso —dije. Estuve a punto de decir "esa locura", pero aquella nota nueva de orgullo otra vez me había hecho dudar; era una debilidad, sí, pero también podía ser una prueba.

—¿Abandonarlo? No entiendo. —Y me miró verdaderamente extrañado. Sentí al hablar que me deslizaba a otra derrota.

—Cristina me contó que vendiste los libros.

—Ah, los libros. —Y sonrió, como si le causara gracia mi interpretación.— Sólo seguí el camino hasta el final: ya los había cargado encima a todos y después, los había derrotado a todos. Inocencia y olvido; el que perdió el mundo quiere ganar su mundo. Vine aquí y dejé de pensar; me senté a esperar a que hiciera su juego secreto la última revelación, a que cerrara por sí sola la gran figura. Tardó, es cierto; tardó quizás demasiado. Pero ahora —dijo—, sólo falta escribirlo.

—Cómo —pregunté sorprendido—: ¿quiere decir que no tenés nada escrito?

—No —dijo Roderer—; y no creo que pueda escribirlo; pero no te preocupes, estaba seguro de que vendrías y lo estuve pensando bien: voy a contártelo y vos lo vas a escribir por mí. —Sonrió, como si quisiera compartir un viejo chiste.— *Grande y sin embargo simple, simple y sin embargo grande.* No voy a precisar más de dos o tres días, pero deberíamos empezar cuanto antes.

—Pero… ¿no te dijo Cristina? Me voy mañana al mediodía.

Vi que se demudaba; por un instante se quedó suspendido en un silencio angustioso y luego, como en un reflujo, apareció en su cara una expresión sombría y fanática.

—No importa —dijo—; tenemos la noche. Podemos empezar ahora y quedarnos hasta la madrugada.

—¿Esta noche? —Y la idea apareció ante mí, clara y terrible, como si me sonriera. Miré el reloj.— Imposible —dije—. Me esperan a cenar.

—¿Una *cena*? —dijo Roderer, como si tratara con desesperación de buscar en la palabra algún otro sentido o de penetrar un significado oculto. Me levanté tranquilamente.

—Una cena, sí: gente que come alrededor de una mesa y dicen frases célebres como "Alcanzáme la sal" o "Qué rico está el pollo".

Salí sin mirarlo; sabía que, sobre todo, no debía mirarlo. Bajé la escalera en dos saltos y caminé de regreso a grandes pasos, escuchando cómo galopaba en mí una alegría rítmica y maligna. *Alcanzáme la sal. Qué rico está el pollo.*

—Aquí estás, por fin —dijo mi madre—. ¿Por qué te demoraste tanto? Suerte que Aníbal todavía no llegó.

—Fui hasta el Club Olimpo —dije— y me encontré con Gustavo Roderer.

Mi hermana apareció desde la cocina, con unos cubiertos en la mano.

—¿Qué dijiste? —me preguntó y cuando repetí que había estado con Roderer dio un grito.

—¡No podía levantarse! —gimió y salió desesperada, soltando los cubiertos sobre la mesa. Mi madre y yo quedamos por un instante en silencio. Vi que se acercaba a la mesa y repartía lentamente los cubiertos.

—Está muy enfermo —dijo de pronto.

—Yo… no pensé que fuera nada grave.

—Es una enfermedad muy rara. Lupus. Casi siempre es mortal. Pero no dejó que lo llevaran al hospital.

—Y Cristina lo está cuidando.

Mi madre asintió y fue hacia la cocina. Entré en el baño a ducharme, con la esperanza de que el chorro de agua me aturdiera, de que pudiese, por un minuto, dejar de pensar. Cuando estaba por salir escuché que golpeaban suavemente en el vidrio esmerilado. Entreabrí la puerta; era otra vez mi madre.

—Llegó Aníbal —me dijo—: está en el living. Y tu hermana todavía no volvió. Le dije que habían salido los dos juntos; *por favor* —me pidió.

Dije que no, pero cuando vi su gesto abatido terminé de vestirme con una sensación de fatalidad y salí por la puerta de atrás. La casa de Roderer estaba a más de diez cuadras, casi en el extremo oeste del pueblo. El nuevo alumbrado de mercurio de la costanera no había llegado hasta allá. Había en cada calle sólo un farol; oscilaban en el viento con un chirrido y arrojaban sobre el centro círculos movedizos y amarillentos. Vi junto a un cordón a un grupo de perros que devoraban los restos destripados de una bolsa de basura. Aunque estaban todavía lejos aminoré el paso; ellos también me habían visto y se desplazaban lentamente para ocupar la calle. Escuché el rumor contenido de las gargantas. *Perros, los perros de siempre*, pensé, pero cuando pasé entre ellos, tenso y vacilante, no me animé a mirarlos.

Me costó, en la oscuridad, reconocer la casa de Roderer. El jardín de la entrada con el camino de grava que la madre había cuidado tanto había desaparecido y las cortaderas empezaban a invadir el porch. Oí de pronto un grito desgarrado, el grito de alguien que estaba sufriendo una agonía inhumana. Me quedé inmóvil donde estaba, escuchando aterrado en el silencio; aguardaba otro sonido, un lamento, alguna señal de que la vida continuaba. Vi entonces que se abría la puerta; una figura que al principio no reconocí dio un paso y se detuvo bajo la arcada del porch, buscando algo en los bolsillos. Hubo un chasquido y distinguí, iluminada apenas por el fósforo, la cara del doctor Rago, que encendía su pipa. Me acerqué a él, ansiosamente; no pareció sorprenderse al verme.

—¿Cómo está Gustavo?

—Creo que ahora va a estar… mejor —dijo—. ¿Recuerda usted sobre el lupus hepático? ¿No? Yo lo mencionaba siempre: el ejemplo clásico de dolor ambulatorio. *Supplicium extremus*, la devoración de uno mismo. Los anticuerpos dejan de reconocer a los propios órganos y simplemente los fagocitan. El dolor que eso produce no se parece a ningún otro; en los casos que me tocó ver siempre encontré a los enfermos así, caminando de pared a pared y afónicos de gritar. Lo único que puede calmarlos es la morfina; cuando su hermana vino a buscarme fue lo primero que puse en el maletín. Pero aquí —se detuvo y dio una bocanada— había una complicación. El muchacho tenía, digámoslo así, una tolerancia muy alta a la morfina y, a la vez, el hígado destruido. La dosis necesaria para dormirlo lo mataría. Por otro lado, si no lo inyectaba, podía sobrevivir dos o tres horas, hasta que hiciera el paro cardíaco por extenuación. Dos o tres horas más, absolutamente lúcido, ¿entiende? —Rago me miró fijamente, con sus ojos escrutadores.— No, no puede entender todavía. Había un detalle: el mu-

115

chacho quería decir algo. Mientras lo atendía, me agarraba del saco y abría la boca para hablarme; el dolor, por supuesto, no lo dejaba articular. Pero estaba totalmente consciente y luchaba. Luchaba de un modo conmovedor. Quizás hubiera logrado decirlo.

—¿Qué hizo usted?

—Lo consulté con su hermana. —Rago se llevó la pipa a la boca y por un instante la lumbre del tabaco iluminó su cara con un resplandor rojizo; me pareció ver que sonreía.— Por supuesto, estaba absolutamente seguro de que coincidiríamos. Era lo *humano*, después de todo. Y ahora —dijo, alzando el maletín— comprenderá que debo irme.

Entré en la casa; solamente había una luz al fondo del corredor. Crucé a tientas las habitaciones vacías, dirigido en la oscuridad por el vago recuerdo de las otras visitas. Abrí la puerta del cuarto; Roderer estaba tendido boca arriba, respirando afanosamente. Tenía los ojos entornados, como si en un último esfuerzo inconsciente se obstinaran en no cerrarse. Mi hermana estaba arrodillada a su lado; cuando me vio no hizo ningún gesto, ninguna señal, pero advertí que se ponía tensa, que todo en ella parecía rechazar mi presencia allí, como si yo no debiera asistir a ese último ritual que estaba oficiando.

Me acerqué, tratando de no hacer ruido.

—Cris… —la llamé suavemente—. Cristina…

Mi hermana me hizo un gesto de silencio; Roderer

parecía murmurar algo confuso, como si hubiera visto una última luz y se debatiera por emerger de un sopor invencible. Nos inclinamos sobre él. Sus ojos se abrieron de una manera lenta, impresionante. No me miraban a mí, ni a mi hermana; miraban más arriba. Sus manos se extendieron con las palmas abiertas y como si estuviera tocando no sé qué altas puertas, susurró, con una voz que ya no era de este mundo: Ábranme, soy el primero.

booket